그대의 슬픔엔 영양가가 많아요

* **일러두기**

본문 중 일부는 입말을 살려 표현하였습니다.

그대의 슬픔엔

영양가가 많아요

강 지 윤 지 음

마음이 견딜 수 있는 시간

언제까지나 내 곁에 있을 것만 같았던 나의 소중한 친구가 얼마 전 아주 먼 곳으로 떠났습니다.

친구의 부고에 큰 충격과, 절망, 슬픔이 한동안 나를 덮쳤고, 오늘도 내 심장이 부서져 내리는 소리를 듣습니다. 그리고 그 충격이 채 가시지 않은 자리에는 이 질문이 내내 맴돌았습니다.

이렇게 슬픈데 내가 이렇게 살아도 될까?

나는 이렇게 살아있어도 될까?

나는 사람들에게 그 질문에 항상 답을 주는 사람이었습니다. 삶과 죽음의 경계를 넘나드는 이 끝없는 질문 속에서 내 마음과 감정은 수천, 수만 개로 쪼개져 흩어지고 모아지길 반복했습니다.

나는 너무 오랫동안 사람의 마음을 치유하는 일을 해왔고, 그 시간들 속에 몸과 마음이 무너져 내렸습니다. 이제는 상담을 급격히 줄이고 무너진 나를 돌보는 일에 조금 더 집중하고 있어요. 해어진 마음을 가만히 펼쳐보니 다른 사람의 슬픔을 덮어줄 만큼 내 슬픔이 크고 깊다는 것을 느꼈어요.

2018년에 개봉한 영화 〈돈 워리〉에서 알코올 중독자 모임을 이끄는 멘토 도니는 사고로 전신마비가 되어 술로 고통을 달래는 존에게 이렇게 말합니다.

"우린 매일 상처와 씨름해야 해요. 어떤 고통은 영영 사라지지 않고 어떤 수치는 영원히 남아있어요. 그걸 이겨내지 않으면 당신이 죽어요."

내 영혼에 상처를 새긴 지난날을 되돌아보니 모든 것들이 결코 만만치 않은 시간들이었음을 알게 되었어요. 그 시간을 지나는 동안 우리가 입은 상처와, 고통과 그 슬픔에 씨름하는 일이 그리 고되지 않았으면 좋겠습니다.

내가 슬프다는 사실도 너무 슬프게 받아들여지지 않았으면 좋겠어요. 세상의 모든 순수한 것들엔 눈물이 담기기 마련이니까요.

사람은 자기 몸 안에 있는 피 1.5리터 정도가 빠져나가면 죽게 된다고 하지요. 1리터짜리 우유팩을 바닥에 쏟는다고 생각하면 의외로 무척 적은 양인 것 같습니다. 그 피가 다 빠져나갈 때까지 몸이 견딜 수 있는 시간이 약 한 시간이라면, 마음이 견딜 수 있는 시간은 어느 정도일까요.

이 글은 마음이 아픈 줄도 모른 채, 오늘도 제 몫을 다해 꿋꿋이 살아가며 지쳐있는 마음에 위로가 필요한 당신께 드리는 책이에요.

살아온 생의 지점마다 크고 작은 생채기를 마음에 새긴 당신, 이 글을 쥔 당신의 손에 아직 따뜻한 나의 온기가 전해지면 좋겠습니다.

너무 늦기 전에, 아직은 우리의 마음이 견딜 수 있을 때 말이지요.

차례

part 1. 내 마음을 길어 올려 당신께 드릴게요

part 2. 날아가야지, 영혼까지 흔들리지는 않게

part 3. 그대의 슬픔엔 영양가가 많아요

part 4. 내가 살아남은 건 다 그대 덕분이야

part 1.

ㅇ

내 마음을
길어 올려
당신께 드릴게요

모두가 아기처럼
깊은 잠에 빠져있는 밤은,
내게는 남몰래 생의 통증을 식히는 시간이었어.
계절이 하나씩 지나가고
나의 아픈 상처도 하나씩 아물기 시작했을 때
비로소 나는 '너'라는 세계로 용감하게 나아갈 수 있었어.
이제 나는 준비가 됐어.
너의 상처를 품을 만큼 준비가 되었어.
그러니 안심해. 지금부터 너는 아무것도 두려워하지 마.

그대만큼
깊은 사람

파도 소리가 쉬지 않고 들렸어요.

내 손을 잡고 낮은 목소리로 위로해 주던

그대의 목소리가

지구를 돌고 우주를 돌아

다시 바람이 되어 내 귓가를 스치네요.

눈물과 미소가 조금씩 녹아 촉촉해진 음색으로

점점 더 깊어지던 그 목소리를 다시 듣고 싶어요.

영원처럼 흐르던 낮과 밤을 지나는 동안

낯선 목소리는 다정한 엄마 품처럼

익숙해지고 따뜻해져서

언 돌덩이 같던 내 마음을 풀어주었지요.

그 파도 소리 가득한 바닷가 마을에 다시 돌아가

혼자 목소리를 찾아 헤매던 날이었어요.

너무 그리워 심장이 아리던 그 시간의 모래알을

하나씩 집으며 그대 목소리를 불렀어요.

얼마나 시간이 흘렀을까요.

죽지 않고 살아있다면 다시 만날 수 있을 거라 믿으며

그 바닷가를 떠나며 기도하던 내 마음엔

눈물이 포말을 일으키며 파도 소리를 냈어요.

이적지 살아오는 동안,

그대만큼 깊은 사람을 만난 적이 없었어요.

다시 한번 살아있어 준다면

다시 한번 내 곁에 앉아

깊은 목소리로 살아온 시간을 들려준다면

내 슬픔조차 별처럼 반짝이겠지요.

"네가 너무 보고 싶다. 너무 보고 싶어서 울었어. 울다
보니 더 보고 싶더라. 그래서 전화했어. 문자를 하려다 한
참 뒤에 볼까 봐… 지금 당장 와줄 수 있니?"

우울이 만성이 된 친구는 슬픔이 가득 묻은 목소리로 나
를 간절히 불렀습니다. 그 간절함이 자리에 누워있던 나를
곧장 일으켜 친구에게 달려가게 했습니다.

그 친구는 보채듯 이렇게 말했습니다.

"네가 나의 상담자가 되어주면 얼마나 좋을까. 그러면 나는 돈과 시간을 아끼지 않고 너를 만나러 매일이라도 달려 갈 텐데… 너만이 나를 치유할 수 있는데 왜 너는 거절하는 거야?"

사실 그 친구의 상담자가 되어주고 싶은 마음은 너무나 크답니다. 그러나 심리 상담 윤리 규정은 상담 전문가와 내담자 간의 '이중 관계'를 엄격히 금지하고 있습니다. 그래서 상담 전문가가 자신의 가족이나 친구, 원래 친분이 있는 사람과의 상담을 할 수 없는 것이지요. 슬프게도 그 친구는 내가 거절한다고 느꼈던 것 같습니다.

나는 친구에게 늘 같은 말을 하곤 합니다.
"대신 나는 너의 가장 가까운 친구잖아. 네가 부르면 나는 달려가서 같이 차를 마시고 네 이야기에 귀를 기울이잖아. 너의 상담자는 될 수 없지만 언제나 너를 사랑하는 영원한 친구라는 걸 기억해 줘."

나도 한 때 그런 적이 있었습니다. 너무 외로워서, 이렇게 가슴을 후벼 파는 외로움 끝에 죽을 것 같은 공포를 느낀 적이 있어요. 그런데 너무 외롭다고 죽지는 않습니다. 외로워서 죽을 수 있다고 믿는 인지왜곡이 어떤 극단적인 행동을 불러 죽게 되는 거지요.

나는 추위가 심하게 엄습할 때 극한의 외로움을 느낍니다. 마치 세상에서 버림받은 것 같은 처절한 외로움이 심장을 도려내고 있는 듯 온몸을 떨며 외로워하죠. 이건 아마도 어렸을 때 외풍이 심하고 단열이 되지 않은 기와집에서 살았기 때문이 아닐까, 혼자 생각해 봅니다. 그 허술한 집에는 늘 아무도 없었고 어린 나는 오들오들 떨며 혼자 추위를 견뎌야 했어요. 일하러 나간 부모님은 언제 돌아올지 몰랐고, 외동딸인 나는 늘 혼자였거든요.

그 외로운 기억은 내 무의식을 점령했고 무의식에 의해 휘둘리는 연약한 정신은 추위와 외로움을 동일한 것으로 받아들였어요.

나는 언제나 외로움이 많고 겁도 많은 아이였습니다. 어릴 때 동네 꼬맹이들과 왁자지껄 놀던 시기를 지나 사춘기에 접어들면서 외로움은 그만 병이 되고 말았습니다. 이러다가 정말 죽겠구나, 아니, 이럴 바엔 죽는 게 낫겠다, 하는 생각이 들었죠.

그래도 죽지 않았어요.

죽지 않으려고 매일 책을 읽고 그림을 그리고 시를 썼어요. 적어도 그 순간만큼은 혼자가 아니었기 때문에 필사적으로 그 시간 속에 숨어들었어요.

그래서 이렇게 말할 수 있어요.

"외롭다고, 너무 외롭다고, 죽지는 않습니다. 살아만 있어주세요."

그해 여름, 단발머리 나폴거리던 두 소녀는

강가에서 종알거리며 니체와 보들레르를 얘기하며

지칠 줄 모르고 걸어 다녔어요.

제법 심각하게, 얼마 살지 않은

어린 인생을 나누느라 해가 지는 줄도 모르고.

친구가 전부였던 그 시절엔

어둠이 자욱한 가운데 별빛이 내린 강가에서 보낸

그 시간이 너무 소중했어요.

서로의 눈을 바라보다 별이 점점 더 빛을 내다

우리는 서로의 눈 속에서 별이 되었어요.

별빛 흐르는

강물이 우리를 안고 하염없이 흐르자

우리는 반짝이는 강물이

되었어요.

아무 말 하지 않아도 되던
그 시간이 고마워서

그런 날이 있잖아요.

마음이 몹시 지친 날.

너무 힘이 들어 아무 말 하고 싶지 않은 날.

그는 내게 자꾸 말하라고 재촉하지 않았습니다.

그냥

가만히 내 곁에서 기다려주었습니다.

단 한마디도 하지 않던 침묵이

숨 넘어가게 터질 듯 가득하던 그 공간에서

그는 아무 말 없이 내 곁에 있어주기만 했습니다.

내가 몰래 흘린 눈물 한 방울,

약하게 흐느끼는 소리를 들었을 텐데도

왜 그러느냐고 묻지 않았습니다.

그냥 그대로 앉아 시간이 멈춘 듯 오래도록

곁에 있어주기만 했습니다.

고맙게도

그저 내 곁에 머물러 주었습니다.

아무 말 하지 않아도 되었던

마음으로 쏟아내었던 내 목소리를

가만히 들으며 함께해 준 그가

너무나 고마웠습니다.

날이 가고 달이 가도록 내내 고마웠어요.

어른이 되고도 한참 지난 시간 속에서,

그런 날이 있잖아요.

마음이 몹시 지친 날,

너무 힘이 들어 아무 말 하고 싶지 않은 날.

사람들은 자꾸만 뭔가를 말하기를 종용하지만

그는 아무 말 하지 않아도 된다며

기다리고 또 기다려주었습니다.

나의
보호자

그가,

그녀가 내게 좋은 연인인지 판단하는 기준은 간단해요.

내가 가진 모든 걸 무참히 버리고 싶게 만드는 사람이
아니라, 나의 무너진 것들을 온전히 회복하고 싶게 만드는
사람이에요.

조금이라도 당신의 생각이나 감정, 혹은 삶의 일부를 마

비시키거나 파괴하는 사랑이라면 그것이 사랑이라고 착각
해선 안 돼요.

이 판단 기준을 기억하고
그 뒤에는 고통스러울지라도
올바른 결단을 내려야 해요.
당신을 지켜줄 수 있는 유일한,
가장 강력한 보호자는 당신이니까요.

그,
혹은 그녀를 비롯해
당신에게조차도
스스로를 상처 입힐 권리는 없어요.

너를 만나러
가고 있어

사랑을 시작하자 내 마음은 계속해서

너를 만나러 가느라 분주해지기 시작했어.

사랑은 그런 거잖아.

보고 있어도 보고 싶고

내 곁에 있어도 그리워지는 것.

나는 밤새 꿈을 꾸었어.

한 밤을 지새운 여린 나무들이

비로소 기지개를 켜는 숲길을 돌아

나는 너를 만나러 가고 있어.

꿈속에서 너를 만나러 가는 길은

왜 그리 먼 길이던지.

그래도 포기할 수가 없었지.

'함께'라는 건

사막의 기적 같은 것.

살아있는 오늘의 기쁨인 너와,

나의 모든 미래를 함께하고 싶어.

나의 시간 속에 너를

너의 시간 속에 나를

모든 시간을 우리가 함께할 수만 있다면 얼마나 좋을까.

어두운 밤길이 아직

내 발 밑을 서성이는 것도

이만큼의 감사를

길어낼 수 있는 이유가 되고

너에 대한 그리움이 밤이 깊을수록 더욱 깊어져
눈물도 조금 나고 미소도 떠올라.

눈물보다 먼저 듣는 건
나를 부르는 너의 목소리야.
꿈인지 아닌지 모를 새벽 미명에 듣는 너의 목소리.
밤새 너와 걷다 온 숲길을 기억해 내며
나는 또다시 너를 보고 싶어 너에게로 가려고 해.

그래, 나를 부르는 네 목소리가 들려.
내가 너에게로 갈게.
내가 너에게로 가서
네 손을 꼬옥 잡아줄게.
그러니 기다려줘. 꼭 기다려.
향기로운 너의 마음과 내 마음 서로 닿아
사랑이 커가도록.

사랑이 끝나면
무슨 냄새가 날까요

사랑이 머물렀던 자리가 아름답기만 하겠어요.

사랑했던 만큼 상처도 깊어

그 상처에서 악취가 나기도 하겠지요.

사랑이 끝나 각자의 자리로 돌아갔을 때

사랑 이전의 상태로 완벽하게 돌아가진 못한다는 걸

몇 번의 경험으로 알게 되면서

그 경험의 생채기와 흔적이 또다시 되새겨지는 건

참 내게 못할 짓인 것 같아요.

때로는 향긋한 냄새가 나기도 했네요.

바람결에 휘날리던 머리카락에서 나던 샴푸 향 같은

그런 냄새가 다시 펄럭거리고

내 긴 머리카락을 만져주던

부드럽고 따스한 흰 손의 기억도

그때의 설렘으로 흔들리네요.

악취가 난다해도

향기가 난다해도

우리는 각자 또다시 사랑을 하게 되겠지요.

그래도 괜찮겠지요.

뭐가 문제겠어요.

언제나 사랑은 또다시 처음처럼

설레고 아름답고 가슴 뛰는 거잖아요.

처음 같은 새로운 사랑이 다시 찾아오면

맨발로 뛰어나가 맞이해도 되는 거잖아요.

그래도 되잖아요.

나를 채워주세요,
제발

유독 외로움을 타던 어린 시절,

누가 나에게 조금만 관심을 가져주면

세상을 다 얻은 것처럼

순식간에 외로움이 사라졌던 기억이 있습니다.

그러다 그 관심이 나를 떠나갈 때 또다시

세상에 혼자 남겨진 듯 외로워하곤 했습니다.

감정이 널뛰듯 춤을 추던 날

'외로웠다 채워졌다' 하기를 반복하며

오락가락하던 날,

그날 나는 너무나 배가 고팠습니다.

아무것도 먹지 못한 채 열흘쯤 굶은 사람처럼,

내 마음에 관심이 흘러들어오지 못해

사랑을 느끼지 못해

감정적 허기가 계속 되었지요.

그래서 더 지독한 외로움을 느끼게 되었답니다.

누군가의 관심과 사랑을 얻을 수만 있다면

영혼이라도 팔 것처럼 굴던 시절에는

알 수 없었던 것을

어느 날 깨닫게 되었습니다.

그 허기진 감정은 내가 성숙해질수록 또는

연륜이 익어갈수록 어리석고 헛된 감정이었다는 것을

오랜 시간이 흘러서야 알게 되었습니다.

누군가의 관심이 있고 없고를 떠나,

내가 나를 보듬어 안아줄 때

외로움이 사라지고 있음을

그때 처음 알게 되었습니다.

그리고 나는 한 뼘만큼 성장해 갔습니다.

그래도
밥을 먹어요

허망하게 죽은 동생을 묻고 돌아와

부은 눈으로

잠을 자는 둥 마는 둥 하다 일어난 아침,

아픈 마음에 밥 한 숟갈 떠다 밀어 넣습니다.

심장이 터질 듯 아픈데도

나는 밥을 먹습니다.

죽은 사람은 죽은 사람

산 사람은 살아야지 하며
아니,
죽고 싶은데
살아야지 하며

입안으로 들어온 밥알이 모래알처럼 서걱이며
내 눈물과 섞여 쓴 맛을 내는네도
또다시

밥 한 숟가락 입에 욱여 넣습니다.
물 대신 눈물에 밥 말아.
그래도
살아야 한다며.

나를
미워해도 돼

그동안 살아오면서 내가 저지른 수많은 실수들, 잘못들, 못난 모습들이 누군가의 미움을 불렀을 것입니다.

누구나 나를 좋아해 줬으면 했던 생각 때문에 나를 향한 누군가의 미움이 너무나 고통스러웠습니다. 결핍이 심한 내게 또 누군가 사랑이 아닌 미움으로 다가왔을 때 죽음 같은 통증이 따라왔습니다. 모두가 날 좋아하게 만들려면 스스로 완벽해져야 한다고 생각했어요.

그래서 완벽해지려고 미친 듯 노력했던 시절도 있었어요. 결코 완벽해질 수 없었던 나의 연약함을 인정하기까지는 오랜 시간이 걸렸습니다.

나이가 들어가면서 친구는 늘어났지만 그냥 아는 사람 수준에서 멈춰버린 사람들이 더 많았습니다. 나를 더 이상 좋아해 주지 않는다는 것이 마음 아팠지만 누구나 다 나를 좋아할 수는 없는 것이었어요.

나를 좋아하지 않는 사람에게 나를 좋아하는 친구가 되어달라고 매달린 적도 있었어요. 그 사람에게 잘 보이려고 지나치게 애를 쓴 적도 있었어요.

그러나 그 사람에게 나는 못난 점만 자꾸 보이는 못난 사람일 뿐이었어요. 그러니 어떻게 나를 좋아할 수 있겠어요? 어떻게 친구가 될 수 있겠어요?

살다 보니 알겠어요. 나의 나쁜 점만 보는 사람이 있고
좋은 점만 보는 사람이 있다는 것을.

누구에게나 장점과 단점이 있잖아요. 단점까지도 품어
주는 사람이 마침내 친구가 되는 거잖아요. 그런 친구가
딱 한 명만 있으면 돼요. 나도 그런 친구가 한 명은 있어
요. 그러면 된 거지요.

누군가 나를 미워하면 혹은 싫어하면 그토록 가슴 아파
했었는데 이제는 어느 정도 받아들일 수 있게 되었네요.
아직 완전히 받아들일 수는 없어도 이렇게 말할 수 있게
되었어요.

나를 미워해도 돼.
나를 싫어해도 돼.

언젠가 내 단점만 보던 사람이 내 장점을 발견하고 친구

가 될 수도 있겠지요. 그때 친구가 되면 되겠지요.

모든 사람이 나를 좋아해 줘야 내가 행복해질 거라는 비합리적인 신념이 부서지면 영혼이 자유로워져요.

하지만 살면서 누군가 나를 미워하고 싫어하는 걸 알게 되면 또다시 마음이 슬퍼지는 건 어쩔 수가 없어요. 그래도 나는 곧 괜찮아질 거예요. 나를 위한 용기를 끌어 모아 '괜찮다' 마음을 다잡을 테니까요.

내가 가장
예뻤을 때

사람이 사람을 사랑하게 될 때, 우리의 사랑은 우주를 흔들어 놓습니다. 한 사람이 한 사람을 사랑하게 되는 것은 순수하고 완벽한 기적입니다. 냉혹하고 계산적인 세상에서 사랑이라는 감정만으로 상대를 대하게 되는 것이 얼마나 어려운 일인가요.

지금껏 온갖 영화나 드라마에서 그려왔던 사랑 이야기들, 그 한가운데로 몸소 뛰어든다는 건 정말 신나고 가슴 떨리는 일이지요. 마침내 이야기 속에만 존재하는 것으로 알았던 사랑이 내 현실이 되었다는 사실에 감격하게 되고, 그 충만한 세계로 진입한 흥분을 감출 수가 없을 거예요.

그러나 사람과 사람 사이의 사랑은 너무나 불완전해서 외풍이 조금만 불어도 흔들리고 깨져나가게 됩니다. 불안하고 흔들리는 사랑에 노심초사하면서도 우리는 사랑하고 싶어 합니다. 그래서 실연 후엔 더 빨리 다음 사랑을 찾으려고 하나 봐요. 실연 후에는 지나간 사랑을 충분히 애도하는 시간을 가져야 하는데, 조급한 우리는 그 통증을 잊기 위해 서둘러 다른 사랑을 찾아 나서는 거죠.

혼자 걸었던 낯선 길도 사랑하는 이와 걸을 땐 더 이상 낯설지 않고, 연인의 표정이나 눈짓 하나에도 가슴 떨리는 시간들이 쌓이고 쌓입니다. 연인과의 시간이 켜켜이 쌓여 내 삶에 길들여지면 더 이상 설레지 않는 날이 오기도 해요.

하지만 사랑은 그렇게 기적처럼 익어가는 것. 연인들은 서로의 존재에 익숙해지며 갖가지 색채의 사랑을 경험하게 되지요.

내가 누군가를 사랑하게 되었을 때 가장 아름다운 모습이 된다는 걸, 그가 떠난 후에야 알아차립니다.

마음을 다해 사랑하던 내 모습이
오늘따라 많이 그립습니다.
너무나 예뻤던 그때의 나를 다시 만나고 싶어요.
그래서 아파도 다시 사랑하고 싶은 것이겠지요.
사랑하는 사람을 원 없이 사랑하는 내 모습을
다시 만나고 싶습니다.

그냥 살아만 있자고
했습니다

스무 살이나 서른 즈음에는 누군가처럼 미래를 설계해
보거나 재테크를 해볼 생각을 전혀 하지 못했습니다. 그
저 하루하루가 치열했기 때문에 그냥 살아남는 것으로 만
족했던 거지요. 그렇게 살아있으니 몸을 움직이고 또 밥을
먹으며 하루하루를 살아내야 했습니다.

최루탄 가스가 매일 터지던 대학가에서도 미래는 보이
지 않았지만 그냥 하루만 살아있어 보자고 다짐하며 주먹

을 쥐고 이를 악물었습니다.

그 무렵, 누구는 집을 샀다가 수십 배가 올라 부자가 되었다고 했고 누군가는 유학을 갔다 와서 교수가 되었다고 자랑했습니다.

그때 내 유일한 목표는 '살아남기'였습니다. 살아남아서 뭘 해야 할지는 몰랐지만 하루하루 살아남는 것이 소명이었고 그렇게 억지로 살아냈기 때문에 나는 소명을 이룬 사람이 되었습니다.

지금도 나는 아픈 사람들에게 그때의 나에게 했던 말처럼 또다시 말하곤 합니다.

하루만 살아있어 보라고.

오늘이 지나면 또 하루를 살아보라고.

또다시 오늘, 오늘이 꾸역꾸역 밀려오더라도

살아만 있어달라고.

원대한 꿈을 꾸지 않아도 된다고.

미래가 암울할 거라 미리 짐작하지 않아도 된다고.

그저 오늘 하루만 살아내라고.

그러면 된다고.

그렇게 살아낸 하루하루가 모여 생애를 이룬 당신이 위대한 사람이라고. 나도 당신도 위대해졌다고 말하며 그렇게 살아낸 하루가 지금 이토록 고마운 과거가 되었음을 또다시 고백하며 하루만 살자고 했습니다. 하루만 살아있어 보자고.

네가 뛰어올 것만
같아서

그해, 비가 참 많이도 왔었지.
올해 여름처럼 말이야.

그래, 너무 아파했던 그해, 비가 많이 왔었어.
금호강변엔 커다란 수양버들이
치렁치렁 휘날리고 있었어.
비에 젖어 늘어진 길쭉한 이파리가

커다란 나무 둥치를 다 가릴 정도로 무성했지.

조금씩 쏟아지던 비가 너무 많이 쏟아져

얼굴과 몸을 때려 기진맥진했을 때

나는 그 나무 아래에서 잠시 숨을 골라야 했어.

이유 없는 슬픔이 꾸역꾸역 밀려들어

세찬 빗줄기를 맞으며 뛰어다니곤 했던 그 시절,

내 슬픔의 이유 따위 아무도 궁금해하지 않던 그때,

너만이 내 슬픔에 관심을 가져주었어.

그래서 내 슬픔에 대해 이야기를 시작했었지.

끝도 없이 이어지는 '나의 이야기'에

너는 살짝 하품을 하기도 하고 몸을 비틀기도 했지만

끝까지 내 말에 귀를 기울여 주었어.

그래서 내가 살 수 있었나 봐.

단 한 명의 사람만 곁에 있어도 죽지 않는다는 말.

그 말이 진짜였어.

물론 그때 나의 징한 이야기에

온전히 공감을 하진 못했다는 걸 알아.

너도 어렸잖아. 아니 어른이었어도 마찬가지였을 거야.

그 누구도 100퍼센트 공감을 보내진 못하지.

그래도 그 빗속에서 입술이 파랗게 되면서도

내 곁에서 내 이야기를

오래오래 들어주었던 너는 참 좋은 친구였어. 지금도.

세월이 팔 넓이만큼 흐른 후 나는 다시 폭우를 보았어.

비 온다는 기상 예보를 못 보고

우산을 놓고 온 날이었어.

그때처럼 날비를 그대로 맞아

온 몸이 젖고 마음이 젖었던 날,

젖은 내 눈을 그윽하게 바라보아주었던

너를 떠올렸어.

너는 지금 너무나 먼 곳에 있고

나만 여기에 있구나. 네가 없는 이곳에.

지금의 비는 그때만큼 깨끗하지 않아.

공해로 쩌들어 비 맞으면 머리카락이 다 빠진다고 하지.

그래도 가끔은 슬픔을 씻어내기에 좋을 지도 몰라.

잠깐 동안만 폭우를 맞아보는 거지.

빗소리가 들려오면 우산을 쓰고라도 빗속으로 나가게 돼. 우산 속으로 반가운 너의 얼굴이 쑥, 들어오기라도 하면 얼마나 좋을까, 쓸데없는 상상을 하는 것도 잠깐은 즐겁단다.

그해처럼 폭우가 쏟아지고 있어.

폭우를 뚫고 네가 저쪽에서부터

내게로 뛰어올 것만 같아서

나는 이곳에서 계속 기다리고 있어.

하염없이.

내 아버지는 술고래였다고 해요.

젊은 시절 술을 마시고 길거리에서 잠이 들어 누군가에게 업혀 올 때가 많았다더군요. 그러던 어느 날, 아버지는 단숨에 절주를 선언한 뒤 한 방울도 마시지 않았다고 해요.

나는 체질상 술을 전혀 못 해요. 아버지를 닮지 않았나 봐요. 맥주를 몇 모금 마시면 온몸에 빨간 반점이 생기거나 머리가 깨질 듯 아파서 몇 번 시도하다 그만뒀어요.

살아가다 보면 술에 취해서 현실을 다 잊고 싶을 때가 있잖아요. 한 번쯤 거나하게 취해서 나 자신도 잊고 현실도 잊고 할 일도 잊고 완전히 까무룩 기억 못하는 세계로 들어가 '왜 기억을 못하냐' 물으면 술 핑계 대며 실수도 하고 싶었어요. 흐트러진 몸과 마음도 이해받을 수 있으니 술에 취해 완전히 풀어져 버리고 싶기도 했어요. 그런 사람이 부러울 때도 많았어요.

취해서 잠이 들다 아침 햇살이 깨워주는 방 안에서 누군가 건네주는 따뜻한 꿀물이 마시고 싶었어요. 속 쓰린 나를 위해 콩나물국을 끓여주고 내 등을 토닥이는 따뜻한 손길을 한번 느껴보고 싶었어요. 별 게 다 부러운 그런 날이 있잖아요. 왜.

누군가를 사랑하게 되면 나의 존재가 새롭고 강인한 무언가가 된 것 같은 느낌이 듭니다. 내 자아라는 우주 속에서 전에는 알지 못했던 한 존재가 서서히 뿌리내리며 점점 거대하게 자라는 걸 느끼게 되죠.

그렇게 연인이 되면 설레고 낯선, 신비한 관계 속으로 들어가게 됩니다. 하지만 서로의 존재가 서로의 내면을 채울수록 뭔가 뜨거운 것이 가시처럼 찔러 심장을 아프게 하기도 합니다.

그가 나만 생각하기를 바라며 떨어져 있는 시간 동안에도 나는 항상 그의 우주를 채우는 존재이길 바라요. 그러다 그 우주가 너무 넓어 길을 잃기도 하고, 서로의 이름을 부르다 오해가 쌓여 슬퍼하기도 하고, 서로 마음의 소리를 잘못 해석해서 소원한 시간을 보내기도 하지요.

만약 사랑이 견고하게 뿌리내리지 못하고 헤어지게 되면 내 사랑이 실패했다는 자괴감에 빠지게 됩니다. 그 사랑이 멈춰졌다고 해서 실패는 아니에요. 사랑하는 동안 진실했다면 그 시간은 우리 심장의 한 쪽에 새겨져 또 다시 사랑을 피우는 자양분이 되니까요.

그러니 모든 사랑은 아름다워요.
모든 사랑은 성공이에요.
사랑 아닌 것을 사랑으로 착각한 것만 아니라면 말이지요.

사랑하는 동안 내 안에서 일어나는 수만 가지 기적은

사랑하지 않았다면 결코 일어나지 않았을 거잖아요.

너무 외로우면 낯선 물건을 사서
집에 쌓아놔요

마음이 행복하지 않고 축축한 날엔 쓸데없는 쇼핑을 많이 하게 됩니다. 인터넷 쇼핑몰에서 싸구려 물건을 계속 비교하며 사고 또 사면서 약간의 안도감과 위안을 얻어요.

막상 받아본 새 옷과 새 신발을 보면서 만족한 적은 거의 없지만 또다시 인터넷을 뒤지며 끊임없이 비교 분석하면서 쇼핑을 하게 돼요.

하나의 물건을 여러 사이트에서 비교하다 보면 좀 더 싸거나 무료배송인 제품이 있기 마련이지요. 5천 원짜리 티셔츠, 만 원짜리 바지나 치마, 천 원짜리 머리핀… 내가 사는 것들은 거의 만 원 대 안팎인데 열 개를 사면 보통 한 개 정도 마음에 듭니다.

그래서 이렇게 중얼거리곤 하죠.

"다시는 안 사야겠어."

"아유, 쓸만한 게 없네. 반품비가 아까워."

"내가 왜 이걸 샀을까?"

그런데 재미있는 사실은 나중에 또다시 정신없이 쇼핑하고 배송된 물건을 보면 이전에 샀던 거랑 너무 똑같은 걸 또 샀다는 거예요.

'어휴, 바보 같이.'

스스로에게 잔소리를 하면서 반품비가 더 나올 것 같은 물건은 쓰레기통에 넣은 적도 있답니다.

우울하거나 외롭거나 슬픈 사람들은 대부분 한두 가지의 중독적 행동을 하게 됩니다. 모든 중독의 뿌리에는 우울증이 매달려 있거든요.

누구는 게임 중독에 빠지고 누구는 알코올 중독에 빠지고…. 중독의 종류도 참 많아요. 그중에 지독한 몇 가지들은 타인을 무참히 괴롭히는 것들도 있어요. 예를 들어, 성중독, 관계 집착, 스토커 같은 '사람 중독'은 독한 약을 먹어서라도 반드시 고쳐야할 중병이지요.

쇼핑 중독에 빠진 예쁜 아가씨가 생각나네요. 그녀는 울면서 우울할 때마다 쇼핑을 한다고 털어놨어요. 그녀가 사는 건 내가 사는 싸구려 물건이 아니었어요. 수백만 원짜리 명품 가방이나 명품 옷을 사들였대요. 매달 수백만 원의 빚이 쌓였고 월급으로는 감당할 수 없는 지경까지 이르렀다고 했어요.

예쁜 그녀의 눈엔 슬픔과 원망과 분노가 가득했어요. 그무엇으로도 채워지지 않을 영혼의 허기가 보였어요.

가끔 도지는 쇼핑 중독이 어느 한 순간 싹 없어지는 때가 있어요. 행복하고 즐거운 시간을 보내고 있을 때지요. 하지만 1년에 한두 번, 그 병이 다시 도져요.

싸구려를 사서 모으다 보면 옷장이나 화장대가 넘쳐나게 돼요. 살 때는 분명 다 필요한 것들이었는데 말이죠.

쓰지도 않고 방치된 것들을 정리하면 마음 한편이 아릿아릿거려요. 내 외로움의 잔재들, 쓰레기들, 눈에 보이는 내 마음의 낡은 쪼가리들…. 눈길 한번 주지 않던 물건들이 버려지면 시원섭섭한 마음이 올라온답니다.

그래서 외로울 때 혼자 있는 시간을 줄이려고 해요. 사람들이 왁자한 카페에서 책을 읽거나 사람들이 많이 오가는 공원 산책길에 나가보거나 해요. 그러면 혼자라는 생각이 줄어들어요. 낯선 사람들과 공유하는 공간이지만 외로움이 신기하게 녹아내리고 원래의 나로 돌아와요.

오늘은 창밖에 바람이 일렁이나 봐요. 초록의 작은 풀들이 춤을 추고 있네요. 나무들이 곧게 서있는 풍경이 내다보이는 카페 창가 자리에 앉았어요. 내 작은 단골 카페 주인 아주머니는 인심이 아주 후해서 보통 에스프레소 2샷을 넣어주는 라테에 그 이상을 넣어주기도 해요.

"오늘 커피는 진하게 만들어주세요. 진한 카페라테 한 잔이요."

그렇게 진한 카페라테를 마시며 창밖 풍경을 내다보면서 주위의 소란스러움을 즐기며, 기분 좋은 상상을 하며 시간을 보내는 중에는 숨 쉬는 소리조차 고요한 행복을 준답니다.

우울이 문득
휘몰아칠 때

깊은 우울에 빠진 사람을 만날 때마다 걷는 운동을 추천
합니다. 흔하지만 효과는 확실한 치료법 중 하나지요. 머
릿속의 불안과 마음의 우울은 걷다 보면 점점 밑으로 내려
가 비워지게 된답니다. '우울과 불안이 만든 생각'은 늘 부
정적으로 흐르죠. 그래서 비워야 해요.

걷다 보면, 해야 할 일에 대한 두려움과 조급함, 혹은 답
답함이나 무거움 같은 감정도 내려갑니다.

특히 햇살이 나뭇잎 사이를 뚫고 들어와 온 몸을 적시면 그날 밤엔 꿀잠을 자게 돼요. 온갖 걱정거리에 잠을 설치게 하던 불면증에도 크게 도움이 됩니다. 쥐구멍에라도 숨고 싶었던 수치심과 가슴을 저리게 하는 외로움 따위의 감정도 가라앉게 되고요.

어두운 우울이 온몸을 휩싸는 걸 느끼는 날엔 가벼운 차림으로 집을 나섭니다. 아직은 낯선 동네에 낯선 산책로를 찾아 나섭니다. 이렇게 햇빛 좋은 날에 햇살을 온 몸에 맞으며 걸어갑니다.

여름은 하고 싶은 말이
많았나 봐요

올해 여름엔 유독 장마와 폭우가 길게 이어졌습니다.
비가 계절의 목소리라면, 올 여름은 우리에게 하고 싶은
말이 참 많았나 봐요.

오래전, 내가 살던 가난한 마을에 쉴 새 없이 비가 내
리면 그나마 얼마 안 되던 가재도구가 물에 잠겼고 중고품
으로 장만했던 전자제품도 흙탕물에 잠겨 더는 쓸 수 없게

되곤 했습니다.

조금만 더 비가 오면 하굿둑이 무너져 마을이 완전히 잠
긴다며 온 동네 사람들이 밤을 새워 둑이 무너질까 노심초
사했던 오래전의 시간이 긴 장맛비 속에서 또렷한 기억으
로 되살아납니다.

그해도 비가 참 많이도 왔었습니다.

반 지하 셋방의 모든 것들이 축축하게 젖었던 그때, 나
는 아마도 조금은 기뻐했던 것 같습니다.

그곳을 떠나야 하는 이유가 생겼기 때문이었어요. 모든
걸 다 잃어도 하나 아쉬울 것 없는 것들을 버릴 이유가 생
겼고 새로운 곳으로 훌훌 떠날 수 있도록 비가 강제로 나
를 떠밀어내고 있었거든요.

장맛비가 내 등을 떠밀어 주어, 떠나지 못했던 나는 새
로운 곳으로 갈 수 있었습니다.

모든 걸 다 잃게 만든 장마가 조금은 고맙게 여겨졌던
그런 날이 있었습니다.

조금만 덜 불행해질 순 없을까?

이 질문은 내가 오래 불행했다는 증거일 거예요. 끊임없이 이런 질문을 하고 있는 것도 내 불행한 현실을 고스란히 보여주는 거죠.

남편이 바람을 피는데도 과감히 헤어지지 못하고 매일 고통스러워하는 여자의 이야기가 방송에 나왔습니다. 남편은 외도를 멈추지 않았고 멈출 생각도 없었지요. 여자는 남편을 버릴 수 없다고 했습니다. 남편을 버리면 지금 누리고 있는 안락함은 사라져 버릴 것이고 스스로 경제력이 없어 불안했기 때문이지요.

한 패널은 말했습니다.

"그래도 내려놔야 해요. 행복해지기 위해서가 아니라 덜 불행해지기 위해서."

'덜 불행해지기 위해'
부르르 떨리는 움켜쥔 손에 힘을 풀어버리는 것.
그게 조금은 행복해질 수 있는
첫걸음이라는 걸, 놓아본 사람은 알게 됩니다.

나는 나를
사랑하는 줄 알았습니다

나는 언제나 도망 다니기 바빴습니다.

나를 조금이라도 괴롭히는 사람이나 환경으로부터.

나를 괴롭히는 것들로부터의 도피는,

내가 나를 사랑하는 증거인 줄 알았거든요.

하지만 도망가면 갈수록 나의 일상은

또 다른 괴로움들로 가득 채워졌습니다.

그때 나는 나를 사랑하고 있는 줄 알았습니다.
나를 사랑하기 때문에 고통 받지 않으려
피하는 거라고 스스로 말하곤 했습니다.

그런데 실은 그 반대라는 걸 알았어요.
도망가면 갈수록 나는 나를 미워하고 있었어요.
도망가면서 비굴한 마음이 들었고
비참했으며 스스로 패배자 같은 느낌이 커져갔습니다.
이런 몰골의 나를 점점 더 미워하게 됐습니다.
그러면서도 나는 나를 사랑하는 줄
착각하고 있었습니다.

그래서 어느 날 결심했어요.
나를 찌르는 것에 피 흘리며 아파도
더 이상 도망가지 말자고.
그때부터 비로소 내가 보이기 시작했습니다.
그때 비로소 나는 나를 만날 수 있었습니다.

아니요, 스무 살로
돌아가지 않겠어요

만약 내가 다시 스무 살로 돌아간다면

나는 뭘 하고 있을까요?

그토록 가고 싶던 프랑스로 유학을 떠나게 되었을까요?

배우고 싶던 피아노를 다시 시작했을까요?

내 진로나 내가 사랑할 사람을 다르게 선택했을까요?

그런 생각을 하니 스무 살로 돌아가고 싶은 생각이

말끔히 사라지는 것 있죠.

스무 살로 돌아가 또다시 선택하고 싶지 않아요.

또 어설픈 선택을 하고 또다시 후회할 테니 스무 살로 돌아가 또다시 인생을 살아낼 자신이 없어졌어요.

나는 지금의 내가 좋아요.

적당히 철들고, 적당히 어리석고,

적당히 여유로워진 내가.

어느 정도 힘들고 외로워도

견뎌낼 힘을 이만큼이나마 키운 내가 참 좋아요.

그럼에도 다시 돌아가야만 한다면 지금까지 살아온 기억을 고스란히 가지고 가고 싶어요.

같은 실수를 반복하지 않고 조금은 더 나 자신을 돌보며 조금은 덜 치열하게 덜 열심히 나를 행복하게 살게 하고 싶어요.

너무 다른 사람을 돌보느라 진을 빼지 않고 스스로를 돌보며 그렇게 살고 싶어요.

다른 사람을 행복하게 하느라

나 자신은 불행해지지 않도록

지금보단 더 지혜롭게 살고 싶어요.

p a r t 2 .

○

날아가야지,
영혼까지
흔들리지는 않게

어느 날 내 영혼에 꿈 하나가 떨어졌어.
슬프고 외로운, 무척이나 아름다운 꿈이었어.
밤마다 나는 그 꿈을 꾸었어.
꿈을 꾸는 동안 슬퍼도 행복할 수 있었어.
그건 당신이라는 꿈이었거든.

하얗고 작은 아이가 쓴
유서 한 장

그 밤, 하얗고 작은 아이는 유서를 쓰기 시작했습니다.

누구라도 발견하면 읽어주지 않을까, 막연히 생각하며 누구라도 내가 죽었다는 걸 알아차리라고…. 내가 죽은 걸 아무도 모르고 흙이 되고 싶진 않았나 봅니다.

누구라도 단 한 방울의 눈물이라도 흘려주기를 바라며 내가 죽은 날 내 머리맡이나 발치에 고이 접어 놓은 유서를 누구라도 발견하고 읽어주었으면. 이 작고 허약한 아이

가 유서를 쓰고 죽었다는 사실에 놀라고 잠시라도 가슴 아
파해 주길 바랐던 거죠.

아니, 어쩌면 아무 생각 없이 별 뜻 없는 유서를 적어갔
던 것이 아니었을까요. 늘 아프고 늘 슬프던 아이는 죽지
않기 위해 안간힘을 쓴 것은 아니었을까요. 그 유서 덕분
에 죽지 않고 살았던 것은 아니었을까요.

어른이 되어서 다시 유서를 쓰던 날, 그때의 어린 아이
가 다가와 슬피 울어줍니다. 마음의 고통을 다 털어내라
고, 쓰고 또 써도 된다고 속삭여 줍니다.

펜에 먹물을 찍어 써 내려갔던 그 밤에
별빛마저 검푸른 색으로 어두워지던 그 밤에
내 눈물 자국이 먹물을 검푸른 색으로 번지게 하더니

어린 아이의 유서에는 푸른 별빛이 내려앉았습니다.
그 별빛 때문에 끝내 유서는 발견되지 않았습니다.

발이 달린 듯 그 유서는 완전히 잠적해 버렸습니다.

아마도 그 아이가 살아났기 때문이겠지요.

그렇게 내가 수없이 썼던 유서들은 날아올라

밤하늘의 별이 되었나 봅니다.

당신의 시간이
내 안으로 들어올수록

사랑한다고 말하는 동안에도 나는 당신이 미워집니다.

사랑과 미움이 동전 앞뒷면처럼 붙어있어

당신이 그립지만 또 너무나 밉습니다.

봄날의 잔치가 시작되고

여름의 소낙비가 산산이 흩어지고

가을날 흩어진 낙엽을 끌어 모으며

겨울날 새파랗게 얼어붙은 두 손을 맞잡고

그리 시간이 쉴 새 없이 흐르는 동안
당신의 시간이 내 안으로 밀고 들어옵니다.
채워져야 하는 나는
시간이 더할수록 더 심한 허기를 느낍니다.

별거 아닌 삶에 들어온 어설픈 사랑에
너무 큰 의미를 부여하려다 보니
허기가 더 깊어지는 걸까요.
'아무것도 아니다, 별거 아니다' 생각하니
허기가 조금은 채워지는 것 같기도 합니다.

당신과 나도 수많은 사람 중의 하나.
그리 큰 의미를 부여하지 말고
그저 지극히 평범한 사람 중의 하나,
그렇게 생각하려고 합니다.

그대가
찾는 사람

혹시 상처뿐인 연애에 치여 지쳐버렸나요?

어쩌면 그대가 찾고 있는 사람은

아픔 없는

결점 없는 완벽한 사람이 아닌, 그저

당신에게 아픔이 있고 결점이 있다는 걸

마음 놓고 털어놓을 수 있는 사람일 거예요.

그대의 아픔을 약점 삼지 않고

그 약점을 이용해 조종하려 하지 않고

조종해서 자신의 이익에 따라 휘두르려 하지 않는

있는 그대로

아픔을 아픔으로 바라봐 줄 수 있는

그런 사람이 필요한 거예요.

그런 사람을 찾고 있는 당신이 옳아요.

그러니 그 기준을 낮추거나 포기하지 말아요.

어디선가 그 역시

자신을 알아봐 줄 당신을 기다리고 있을 테니까요.

창문 없는 방에서
하늘을 보다

　너무나 가난했던 대학 1학년 때 처음 자취를 시작했던 방은 창고 방이었어요. 창고를 개조해서 벽지만 바른 방. 방 같지 않던 방. 그런 곳에서 1년이 넘도록 젊은 여자애 혼자 살았다는 것이 지금도 믿기지 않네요. 그런 곳을 돈을 받고 살게 하다니. 지금도 그런 곳이 있을까요?

　슬레이트 집 마당을 지나 계단을 한참 내려가면 낡은 미닫이문이 나오고 그 문을 옆으로 밀면 여기저기 곰팡이가 피어있는 작고 찌그러진 직사각형의 방이 쾌쾌한 냄새를 풍기며 거기 있었습니다. 누가 세게 밀면 그대로 떨어져 나갈 것 같은 문고리가 작게 달려있던 방. 푸득 푸드득 켜지던 희미한 형광등, 그래도 그나마 켜지 않으면 암흑천지가 되는 그런 방.

그 방에 누워 잠을 못 이루던 그때가 생각납니다. 밤만 되면 옆방에서 시끄러운 소리가 들리고 때로는 술 취한 남자가 욕지거리를 내뱉으면 나는 너무 무서워서 이불을 뒤집어쓰고 잠을 설치다 새벽녘에야 겨우 잠이 들곤 했습니다.

아침이 오고 한낮이 되어도 동굴 같던 그 방엔 빛 한 줌이 들어오지 않았어요. 어느 날 나는 물감을 펼쳐놓고 내가 누운 벽 맞은편 벽에 창문을 그리기 시작했어요. 하얀색 창틀을 그리고 창문 너머엔 구름이 뭉개 뭉개 피어있는 하늘빛을 그리기 시작했어요. 흰 창틀엔 나비도 한 마리 그려 넣고 꽃들도 몇 개 그려 넣었어요.

마침내 내 작고 캄캄하던 자취방에는 창문이 생겼고 하늘도 볼 수 있게 되었답니다. 나처럼 완전한 지하 방에 살았던 사람들이 창문을 그려 넣었다는 이야기를 그 후 몇 번 들은 적이 있어요.

잘 때도 불을 켜두고 그 하늘을 보다 공상의 나래에 빠졌다 잠이 들었어요. 아마도 꿈속에서 나는 그 하늘을 빠져나가 새처럼 날다가 하늘색으로 물든 내 꿈속을 몇 바퀴나 돌다 다시 새벽이 되면 내 자리로 돌아와 남루한 이불 속에서 깨어나곤 했나 봐요.

창문 없는 캄캄한 방 안에서
창문을 창조하고 하늘을 창조하고
그 안에서 꿈을 꾸던 그 시절,
창문 하나 그려 넣고 행복해했던
긴 생머리의 젊은 나를

지금 이 순간 내려다보고 있는 듯이

생생하게 보고 있습니다.

그 캄캄한 동굴 같던 방을 내려다보고 있습니다.

그대 없이도
잘만 흐르는 시간

그대가 먼 곳으로 떠나고
나만 혼자 남아 외로운 시간이 흐르더니
벌써 시월이 되었습니다.

봄꽃이 피더니 무더위가 땀을 흐르게 했고
잠깐 사이에 서늘한 바람이 불어오더니
이윽고 시월이 되었습니다.

그대 없는 날이 밤과 낮을 부르며

시간을 뒤로 보내더니

죽을 것 같던 시간이 뒤로 흘러가 버리고

몇 날 몇 달이 지나도록

그래도 시간은 살아서 시월이 되었습니다.

시리도록 청명한 하늘 아래에서

그 옛날 그대와 함께 앉아있었던

남루한 창틀에 걸터앉아

더 이상 기다리지 않아야겠다,

이 악물고 결심을 해도

다시 돌아온 시월 앞에서

다시 무너져 내리는 약한 마음.

그래도 다시 돌아온 시월의 하늘을

마음 한편에 다시

받아들이기로 결심했습니다.

언제 돌아온다는 기약도 없이

떠난 그대가 원망스럽지만

나는 내 그리움을

미워하지 않기로 마음먹었습니다.

그대가 부재한 시간도

받아들이기로 결심했습니다.

이 시간조차 소중하다고, 시월의 시린 하늘 밑에서

새로운 기다림을 시작했습니다.

내가 이렇게
살아있어도 될까요?

서른이 지나고 마흔 몇 해를 지나

인생의 길을 느릿느릿 걸으며

생애를 통틀어 새겨진 질문 하나가 있습니다.

"이렇게 살아있어도 될까요?"

이 질문의 근원지로 가보았습니다.

거기에는 다른 질문이 숨겨져 있었어요.

"살아있을 이유가 있어?"

아무리 생각해도 살아야 하는 이유를 찾지 못하던 시절,
여전히 하늘은 청명하고 매일 걸었던 길도 그대로 누워있
고 변한 건 없는데.

그때 내면에서 들렸던 천둥 같은 소리는
"그래, 살아있을 이유가 없어"라는 단호한 목소리.

나는 역설적으로 더 살아보기로 했습니다.
더 살아보면 뭔가 새로운 질문이 생기지 않을까 해서.

더 시간이 흐른 뒤
"내가 이렇게 살아있어도 될까요?"
라는 질문이 다시 올라왔습니다.

그 질문에 답은 이미 알고 있습니다.
나를 사랑하면서

또는 미워하면서 살아있어도 된다는 것을.

오늘도 나는 계속 같은 질문을 하고 있습니다.

스스로에게 살아도 된다고,

혹은 살고 싶다고 말해주기 위해서일까요.

화를 내지
못하던 아이

나는 화를 잘 내지 못하는 아이였습니다. 누가 내게 해코지를 해도 화가 날만한 짓을 해도 화를 내지 못했습니다. 나는 화를 내는 게 무서워서 화를 내지 못하는 아이였거든요.

풀어내지 못한 화가 내 몸속으로 들어가고 내 정신 속으로 들어가 엄청난 문제가 되었다는 걸 나중에야 알았습니다. 내게 함부로 하는 사람들에게 아무런 경고도 하지 못하니 사람들은 더 나를 함부로 대하는 듯 했습니다. 아무도 나를 보호하지 않았고 나조차도 나를 보호하지 못했습니다.

어느 날 화가 터져 나오던 날, 그 엄청난 분노가 나를 죽일 듯이 치밀고 나오던 날, 나는 처음으로 나를 죽이기 위해 우물 위로 올라갔습니다. 내가 죽어야 이 고통스러운 분노도 사라지리라 생각했기 때문에 아무도 몰래 죽어야 한다고 생각했습니다.

그러나 나의 첫 시도는 물 길러 나온 동네 아주머니에게 발각이 되어 실패로 돌아갔고 그 후에도 여러 번의 시도가 있었지만 이런저런 이유로 다 실패하고 말았습니다.

오랜 시간의 사투 끝에 분노의 원인이 된 상처와 문제들을 치유하자 내 분노는 점점 옅어지기 시작했습니다. 그리고 마침내 사라졌습니다.

마음의 치유는 분노를 사라지게 한다는 걸 몸소 알게 되었어요. 그리고 또다시 새로운 분노에 직면하자, 나는 분노를 숨기지 않고 이렇게 말했습니다.

"나는 당신이 내게 한 그 말 때문에 화가 나요."

분노를 표현할 수 있게 되자 나는 좀 더 자유로워졌어요.

둘이 되어
더 외로워지는 미스터리

'혼자 있으면 너무 외롭다'는 말은 맞기도 하고 틀리기도 합니다.

혼자 있을 때 사람의 소리가 듣고 싶어 귀가하자마자 텔레비전 소리를 크게 켜놓거나 라디오를 켜두는 사람들. 그건 혼자라는 상태의 무거움이 외로움을 덧붙이기 때문일 거예요.

그리고 둘이 있을 때 한 사람이 냉정해지면 혼자 있을

때보다 더욱 외로워지는 아이러니와 미스터리. 그때 더욱 죽을 것 같은 외로움이 쓰나미로 덮쳐온다는 걸 겪어본 사람은 알게 됩니다.

그래서 그냥 혼자일 때가 좋다며 함께 있어 더 외롭게 만드는 그 사람을 저 바깥으로 내몰았답니다.

내 그리움엔
끝이 없어서

나는 누구와 쉽게 마음을 열고 친해지지 못합니다.

누군가와 친구가 되고 마음을 열기까지 시간이 많이 걸리지요. 그래서 쉽게 친구를 만드는 사교적인 사람이 많이 부러웠어요.

막 시인이 되고나서 시를 쓰는 모임에 시인 몇이 종종 모여 자신이 쓴 시를 낭송하고 사는 이야기를 나누던 그런 시간이 있었습니다.

나는 처음 보는 그들과 쉽게 친숙해지지 않아 한동안 그들의 이야기를 듣고만 있었습니다. 그중에 눈이 예쁜 한 사람이 나를 빤히 쳐다보며 말을 시키면 얼굴을 붉히며 수줍게 겨우 한마디 하곤 곧 입을 닫았지요.

그런 모임이 여러 달 지속되자 나는 점점 그들을 좋아하게 되었습니다. 한번 마음을 주면 죽어도 그 마음을 내려놓지 못하는 나는 누군가를 좋아하는 게 조금은 무서웠답니다.

학창 시절, 내가 좋아했던 반 친구가 뒤에서 내 험담을 하는 걸 알게 되었을 때 충격을 받은 탓에 누군가를 좋아하는 것 자체가 내겐 모험이었거든요. 사춘기 때는 누구나 조금은 더 예민하고 상처도 깊이 받잖아요.

그 시인들 중에 눈빛이 맑고 아름다웠던 그녀는 나보다 나이가 많았지만 곧 나와 아주 친한 친구 사이가 되었습니다. 언제나 소곤거리듯 작게 말하고 웃을 때는 손으로 입을 가리며 소녀처럼 웃었던 그 사람을 나는 무척이나 좋아했습니다.

내 외롭던 삶에 한 아름 꽃송이처럼 향기를 피우며 다가왔던 그녀는 어느 날 아주 먼 나라로 떠나게 되었습니다. 아이들의 교육을 위해 이민을 가게 됐다는 것이었어요. 준비를 마친 그녀는 이 땅을 떠났습니다. 이별의 눈물이 채 마르기도 전에 손 뻗으면 닿는 거리에 있던 내 친구는 너무나 멀리 가버렸습니다.

몇 년이 지나 그녀가 잠시 귀국했다는 소식을 들었지만 외국살이가 팍팍하고 고단했던지 급히 돌아가 생업에 종사해야 한다고 했습니다. 캐나다에서 미국으로, 또다시 캐나다로 이주한 그 친구와는 이제 이메일도 연락처도 모두 끊어져 버렸고 내 그리움만 끊어지지 않은 채 아직도 남아 있습니다.

거대한 낯선 나라의 어딘가에 있을 너에게 보내지 못할 편지를 또다시 쓰며 네가 어디에 있든지 간에 나를 잊지 말기를.

세상 살아가면서 소중한 친구 단 한 명만 있어도 살아갈 수 있다는 걸 태풍과 해일이 밀려와도 견딜 수 있다는 걸 기억해 주기를. 그리고 나를 잊지 말기를.

블랙
아웃

80년대 대학교 시절에는 다 같이 술을 마시면서 시대를 논하고 울분을 토로하던 것이 일상인 시기였어요. 같은 과 남학생이 주도했던 술자리는 처음엔 약간의 알코올이 들어가니 분위기가 재밌게 무르익다가도 끝날 때는 인사불성이 되어 서로 싸워 술자리가 난장판이 되곤 했습니다.

나는 교수님과 친구들이 억지로 권한 맥주 반 잔에 숨이 넘어가는 고통을 경험한 뒤로 술을 마실 수 없게 되었어요. 그래서 아무리 술을 마셔도 안색이 붉게 변하지 않는 사람들은 내 눈에는 기인으로 보입니다. 소주를 몇 병 씩 마셔도 끄떡없는 그들이 정말 신기하고 가끔은 부럽기도 해요.

내 몸이 술을 못 받는 체질이 아니었다면, 어쩌면 나는 술고래가 되었을지도 모르겠어요. 수많은 고난을 거치며 지난한 세월을 살아오는 동안 술로 도피하여 그 고통을 잊으려 했을 테니까요. 퍼마시고 퍼마시다 어느 순간 필름이 끊기는 것도 경험했겠지요.

내 아버지는 집안이 몰락한 후부터 술을 마시기 시작했어요. 술을 적당히 마실 줄 모르고 늘 골목에 쓰러져 못 일어날 정도로 마셨어요. 누구에게도 기분 나쁜 말 한마디 못하시던 분이 술에 취하면 장독대를 다 부수고 사기그릇을 다 깨부수는 폭력성을 보였는데, 아버지의 그런 주사 때문에 혹시 내가 술을 못 마시게 된 건 아닐까 생각해 보게 돼요. 술을 못 마시는 이유가 신체가 아닌, 심리적인 원인에 있는 거죠.

어느 날 정신을 차린 아버지는 술을 한 방울도 입에 대지 않았어요. 그 후 얼마 지나지 않아 아버지의 슬픔이 아버지를 삼키고 생애를 삼켜버렸지요. 술 없이 맨 정신으로 현실 세계에 오래 발붙이고 살 수 없으셨던 걸까요.

살아오면서 부끄러웠던 수많은 순간들이
술을 지나치게 마신 뒤 찾아오는
블랙아웃처럼 사라지면 좋았을 텐데요.

나를 용서해
주세요

어리석었던 시절의 나를 용서해 주세요.

나조차도 나를 용서하지 못했던 순간 속에서

무슨 죄를 그리 많이 지었다고

기어이 놓아주지 않았던 미움의 마음들을

이제 용서해 주세요.

내가 나를 용서하지 못하는 동안

그대는 내 적이 되어버렸고

나는 혼자 적들과 싸우느라 피폐해져 버렸어요.

무형의 적들, 적이 아닌 적들과
피투성이가 되도록 싸웠어요.
그런 나를 이제 용서해 주세요.
이제 지금의 내가 어린 나를
용서해 주세요.

부디 용서해 주세요,
라고 나에게 용서를 구합니다.

우산을 놓고 온 날엔
꼭 장대비가 쏟아져

　　매일 확인하던 기상 예보를 그날따라 빠뜨리고 우산을
챙기지 않고 나왔던 날, 오후가 되자 장대비가 갑자기 쏟
아져 내렸습니다. 넓은 사거리를 걸어가던 중 갑작스러운
소나기에 피할 곳도 못 찾고 비를 쫄딱 맞고 말았어요.

　　아, 우산을 가지고 나왔어야 했는데.

　　바로 그 순간 나는 비를 맞으면서도 터덜터덜 걸어가는

꼬맹이와 맞닥뜨렸어요. 다른 애들은 엄마가 우산을 가지고 마중 나와서 집으로 총총 즐겁게 가고 있는데 비 맞은 생쥐 꼴을 한 이 꼬맹이는 체념한 듯 오는 비를 다 맞으며 천천히 걸어가고 있었습니다. 꼬맹이는 이후 며칠 감기를 앓았고 열도 펄펄 났지요.

그 꼬맹이는 나였어요.

비를 맞게 되는 날엔, 나는 어쩔 수 없이 그 꼬맹이가 되어버립니다. 그때의 외롭고 슬픈 감정을 흠뻑 젖을 때까지 비와 함께 맞지요.

아, 언제쯤이면 날비를 다 맞아도
아무렇지 않을 수 있을까요?

창백한
아침

가끔 잠을 못 이루는 날들이 있습니다.
비가 오거나 생각이 많은 날 같은 밤엔….

어젯밤도 그런 날이었어요.
천둥이 치고 세찬 빗소리에 잠을 못 이루다
새벽녘에야 잠깐 잠이 들었습니다.
그 짧은 잠깐의 시간이 흐르고
창백한 아침이 창문을 밀고 들어올 때

잠이 깨고 말았어요.

새로운 아침의 낯선 얼굴을 보고

낯선 냄새를 맡으며

피곤하고 푸석한 얼굴로 창문을 열어봅니다.

매일 매일 아침의 색깔이 달라지네요.

화사한 유채색이었다가 빛바랜 무채색이었다가.

오늘은 무채색의 잿빛으로 가라앉은 하늘이

아침의 안색을 창백하게 물들였나 봅니다.

내 마음까지 무채색으로 가라앉을까 봐,

또는 내 안색의 창백함을 가리기 위해

오늘은 핑크빛 립스틱을 바르고 집을 나서려고 합니다.

날이 창백한 아침에는

조금 더 일찍 집을 나서려고 합니다.

살아오는 동안 100번 이상의 이사를 다녔습니다.

어릴 때는 집을 지어서 새집으로 이사를 간 적도 있고 가세가 기울고 나서는 월세를 수없이 전전했던 기억도 있습니다. 스무 살이 넘어서는 이런 저런 이유로 몇 개월 만에 이사를 다녀야 했던 때도 있습니다.

한번은 이런 웃픈 일도 있었네요.

그 동네에서는 제법 좋은 집이었는데, 그 집 주인이 무속 신앙을 가진 꼬부랑 할머니였어요. 담벼락에 붙여있던 글귀 한 줄.

'방 1개 사글세. 부엌없음'

맞춤법도 틀린 엉성한 그 글귀를 보고 그 집으로 주인 할머니를 찾아갔어요.

"아이고, 참한 아가씨가 왔네. 조용하고 착한 사람인 것 같네. 우리 집에 들어와."

며칠 후 리어카에 몇 개 안되는 살림 도구를 싣고 친구들 몇 명이 짐을 옮겨주었어요. 부엌은 없었지만 그때는 밥을 해 먹지도 않았고 거의 잠만 자고 나가던 때라 상관없었어요. 지금까지 살았던 집보다 도배도 깨끗하게 되어 있고 네모난 방도 제법 커서 정말 좋았거든요. 그래서 이 집에선 좀 오래 살아야겠다, 생각했어요.

그런데 일주일 쯤 후에 돌연 할머니가 낯빛을 바꾸더니

나가라고 하는 거예요.

"할머니, 왜 나가라고 하시는 거예요? 이사 온 지 일주
일 밖에 안 됐는데요. 저는 여기가 좋아요."

"아가씨가 예수쟁이라면서? 나는 예수쟁이랑은 한 집
서 못 살아요. 빨리 나가요. 오늘 중으로 나가요."

나는 그만 두 눈에 눈물이 그렁그렁 맺히고 앞이 캄캄
해졌어요. 지금 같으면 항의하고 싸우기라도 했겠지요. 계
약 기간이 엄연히 남아있는데 안 나겠다고 버티면 되는 거
였어요. 아니면 이사비라도 받아냈을 거구요. 하지만 그때
나는 그 기가 센 무서운 할머니와 싸울 힘이 없었던 스무
살짜리 여자애였어요.

'아니, 착해 보인다며 얼른 이사 오랄 때는 언제고 종교
가 다르다고 쫓아내시면 어떡해요. 저는 어디를 가라구요.
전 여기가 마음에 든단 말이에요. 절대 못 나가요.'

이렇게 버텨볼걸, 하고 두고두고 생각했답니다.

바보처럼 일주일 만에 그런 말도 안 되는 이유로 쫓겨 나오다니. 그것도 할머니의 카랑카랑한 목소리와 서슬 퍼런 눈초리가 무서워 마치 잘못을 저지른 사람마냥 다음 날 도망치듯 나오다니, 내가 뭘 잘못했다고 그렇게 나와야 했나, 그런 생각이 한 10년간 나를 괴롭혔답니다.

그 할머니는 예수쟁이 아가씨를 내보내고 그 후 오래오래 행복하게 살았을까요?

불과 얼마 전까지만 해도 이사 다니는 게 힘들지 않았답니다. 수없이 이사를 다니다 보니 역마살 낀 사람처럼 한 곳에 있는 게 오히려 불안하기도 했어요. 살아보니 불편한 집들, 몸에 익지 않는 동네, 몇 달을 살아도 정이 들지 않는 장소들…. 그런 이유로 이사하는 게 잠시 나들이 가는 거라고 생각할 때도 있었나 봅니다.

그런데 이제는 이사 다니는 게 너무 힘이 듭니다. 지금도 1, 2년에 한 번씩 이사를 하고 있습니다. 아직 정착할 집을, 뿌리내리며 내 인생의 마지막을 함께 할 집을 찾지 못해서겠지요. 꼭 찾고 싶은데. 이젠 빨리 찾아야 하는데.

남들은 집을 사서 몇 년 만에 두세 배로 올라 좋아하는데 나는 아직도 세를 살며 계속 떠돌아다니는 중입니다. 오래된 집에 갔더니 수도꼭지도 보일러도 작동이 잘 안 돼 집주인에게 계속 요구해야 할 일이 생겨 불편하고, 새 집에 갔더니 머리가 아픈 새집증후군에 시달리고.

최근엔 정말 최악의 집에 오게 된 것 같습니다.

아파트 바로 위로 비행기가 몇 분 간격으로 부아앙 슝, 하는 굉음을 내며 지나가는 집이거든요. 비행기 길 위에 지어진 아파트 단지라는 건 알고 갔지만 이 정도로 소음이 심할 줄은 상상도 못했지요.

새집이라 좋을 줄 알았는데 냄새를 빼기 위해 창문을 열어놓으면 공포의 비행기 굉음에 악, 소리가 날 지경입니다. 이 집에서 앞으로 2년을 살아야 할 텐데 정말 잘못된 선택을 한 것이지요. 어쩌면 기간을 다 채우지 못하고 어디론가 다시 이사를 갈지도 모르겠어요.

나는 언제쯤 어딘가에 정착해서 여생을 보내게 될까요. 내가 바라는 곳은, 강이나 호수나 바다가 보이는 고요하고 정감 있는 곳인데요. 집 가까이 물이 있고 숲이 있는 곳, 언제라도 나가면 산책을 즐기고 사색할 수 있는 곳.

내 흔들리는 영혼을 편안하게 해 줄 곳.

사랑하는 사람과 손잡고 매일 반짝이는 물을 보거나 흔들리는 나뭇잎을 보며 도란도란 이야기를 나누며 살 수 있는 곳. 그런 곳이 어디에 있을까요?

남들은 그렇게 잘한다는 집 재테크엔 젬병인 내가, 집을 사서 돈을 벌고 싶단 생각도 없는 내가 그저 이 땅에서의 삶 동안 몸 누이고 일어나 먹고 기도할 수 있는 그런 곳, 깨끗하고 아늑하고 아름다운 방이 있는 그런 곳, 그런 곳을 찾아야겠지요. 언젠가 꼭 그런 곳을 찾게 되리라 믿어요.

그때 놀러 오세요.

반짝이는 호수 옆에 예쁜 찻잔 가득 향기로운 차를 부어

두고 기다릴게요.

새앙쥐 비명 소리
지나가던 밤

그러니까 그게 참, 우리 집 천장에는 생쥐가 많았답니다. 천장에서 우다다다, 지나가던 생쥐들떼가.

그 생쥐를 직접 보는 건 너무 무모한 짓이었어요. '톰과 제리'를 즐겁게 보곤 했지만 아무리 적응하려 해도 실제로 생쥐를 보는 건, 그 반짝거리는 작은 눈과 마주치는 건, 긴 꼬리의 회색 몸뚱이가 꾸물거리는 걸 보는 건, 정말 너무 끔찍했거든요.

밤마다 너무 시끄러워 잠을 못 이루다 마침내 결심을 했어요. 쥐잡이용 끈끈이를 사다 생쥐가 들락거리는 뚫어진 천장 입구에 두었지요. 그날 밤이었어요. 설핏 잠에 들었는데 '찍, 찌익…' 고막이 찢어질 듯한 괴성에 깨고 말았어요. 생쥐 발이 찍찍이에 달라붙었나 봐요.

너무 잔인했지만, 그래서 끈끈이를 놓아둔 것을 후회하며 놓아주고 싶었지만 생쥐와 마주치는 건 더 끔찍해서 그냥 놔뒀어요. 그 생쥐는 며칠 동안 소리 지르다 점점 희미해지더니 마침내 아무 소리를 내지 않았어요. 시체를 차마 볼 수 없었지만 아마도 죽었을 거예요.

신기한 건 그 생쥐의 비명 소리가 며칠 들리고 나서부터 수많은 다른 생쥐들이 자취를 감추었다는 거예요. 천장에 여러 마리가 우다다다 뛰어다녔는데 한 마리의 희생으로 다른 생쥐들이 모두 도망을 가서 다시는 우리 집 천장에 오지 않았지요. 그날부터 우리 집 천장은 아주 고요해졌답니다.

어느 날, 내가 새앙쥐 꼴을 하고 끈끈이 같던 세상에 달라붙어 비명을 지르던 날이었어요. 여러 개의 아르바이트를 하며 근근이 학업을 이어가던 날, 악덕 업주 아저씨가 그 피 같던 알바비를 떼어먹고 주지 않는 거예요. 그땐 지금처럼 노동부에 고소할 수도 없었어요. 내가 그때 할 수 있었던 건, 천장에서 슬프게 찍찍거렸던 생쥐처럼, 그 가게 앞에 찾아가 낑낑거리며 눈물을 흘리는 것뿐이었어요.

그렇게 여러 번을 떼이고 또 어떨 때는 울며불며 떨고 서 있던 내가 불쌍했는지, "옛다, 가져가라" 하면서 내 손에다 돈을 쥐어주던 사장님도 있었어요.

찍찍이처럼 끈적거리며 달라붙던 세상의 쥐덫이 수없이 많았는데도 지금 이렇게 탈출해서 자유롭게 되었다니, 그 생쥐처럼 죽지 않고 살았다는 게 너무 고맙고 놀라울 정도예요.

그렇게 생각하니, 살아있는 모든 사람들이 기적같이 놀랍고 위대해 보이네요.

낯선
길

　자동차 면허를 딴 후 차가 없어서 운전을 하지 못하고
지냈습니다. 그렇게 10년 정도의 세월이 흐른 후, 오랜 장
롱면허 생활을 접게 되었어요. 누군가 작은 마티즈를 선물
해 주어 타고 다니게 되었거든요.

　그 작은 차가 내 발이 되어주던 고마운 길 위에서 나는
내가 매우 창의적이고 모험적인 사람이라는 걸 알게 되었
습니다.

늘 다니던 길이 아닌 새로운 길을 끊임없이 찾아내곤 했거든요. 새로운 길은 늘 신선하고 생동감을 주었어요. '길은 어디나 통한다'라는 옛말이 정말이었어요. 가다 보면 길은 정말 어디에나 뚫려있었거든요.

작은 자동차가 생기자 나는 좀 더 넓은 반경으로 자유롭게 다닐 수 있게 되었어요. 걸어서는 다닐 수 없었던 낯선 길까지 다녔지요. 내 영혼이 커져서 더 자유로워진 느낌으로요.

나는 낯선 곳을 언제나 두려워했는데, 차를 가지고 다니는 동안 혼자만의 공간을 꼭꼭 잠그고 용감하게 낯선 길을 나서곤 했지요.

어떤 유명한 가수가 이런 말을 했던 것이 기억나네요.

"나는 내 차에 아무도 태우지 않는다. 나의 유일한 혼자만의 공간에서 나는 휴식하며 충전한다…."

나도 그렇게 하고 싶었어요.

어쩌다 같은 동네에 사는 사람이 함께 타고 갈 수 있느냐고 물으면 참 난감했지요. 혼자만의 시간을 만끽하지 못하고 어쩔 수없이 그 사람에게 맞춰 하고 싶지 않은 대화를 해야 하거든요. 때로는 대화가 좋지만 때로는 피곤하잖아요.

그래서 가끔 차를 두고 왔을 때에도 같은 방향으로 가는 사람에게 차를 태워달라고 하지 않게 되었어요. 그 사람도 내 마음과 같을 것이기 때문에. 그 사람의 시간 속으로 들어가 그 사람의 시간을 빼앗기 싫어서.

낯선 길을 또다시 달리며 내가 낯선 곳을 좋아하고 때로는 설레기도 한다는 걸 새삼 느끼고 있습니다.

직장 상사의 고함 때문에 공황장애를 앓게 된 후 비행기를 긴 시간 타는 일이 매번 고역이었습니다. 누군가는 비행기가 날 때의 소음과 흔들림이 자장가처럼 느껴져 오히려 편하게 잠을 잔다는데, 나는 눈 한번 못 붙이고 온 몸에 힘에 들어간 채 좌석 팔걸이를 꼭 쥐고 날아갑니다.

그 이후에는 정신과에 가서 수면제를 처방받아 비행기에 오른 직후에 먹고 잠을 잡니다. 그렇다고 잠이 깊이 드는 건 아니에요. 비행기가 흔들릴 때마다 악몽을 꾸는 것처럼 소스라치게 놀라니까요. 게다가 건조한 비행기 안에서 뜬 눈으로 밤을 새는 바람에 각막이 손상돼 안과에서 치료를 받기도 했습니다.

수영을 못하는 물 위나, 날지 못하는 하늘 위나 내게는 모두 두려움의 대상입니다.

서너 살 무렵에 내가 물에 빠져 죽을 뻔한 적이 있었다고 들었습니다. 높은 곳에 올라갔다가 떨어져 팔이 부러진 적도 있었고 다리뼈가 부러진 적도 있습니다. 그런 것들이 다 무의식에 저장되어 어른이 되어도 여전히 공포로 피어올라 괴롭힙니다.

누군가 말했지요.

비행기는 세상에서 가장 안전한 운송 수단이라고. 사고 날 확률이 가장 낮다고.

그 사실을 알면서도 여전히 무서워합니다. 낯선 나라로

여행을 다니는 건 그리 좋아하면서 그곳으로 데려다 주는
비행기의 흔들림은 그렇게 무서워하다니.

죽으면 죽는 거지 뭐,

죽으면 영원히 쉬는 거고

어차피 막을 수도 없는 일인데

더 이상 두려워하지 말아야겠습니다.

장시간 비행기를 타야 할 때는 잠도 푹 잘 수 있도록

흔들려도 영혼까지 흔들리진 않으면서

기쁘게 날아갈 수 있으면 좋겠습니다.

시인의 마을에
도착했더니

94년도였었나, 내가 쓴 시가 당선되었다는 통보를 받고 정식으로 문인협회 시인으로 등단했던 그날, 나는 시인이 되었습니다. 시인의 마을에 막 도착한 어린 시인은 심장이 마구 뛰며 처음 보는 마을 입구에서 마냥 설렜습니다.

그리고 만난 늙은 시인, 젊은 시인, 얼굴이 붉은 시인, 피부가 까만 시인, 손짓이 예의 없는 시인, 입이 걸어 더러운 시인, 식탐이 많은 시인, 빨간 시인, 하얀 시인, 찢어진 시인…. 그런 시인들을 참 많이 만났습니다.

그러던 어느 날, 내가 시인의 마을에 발길을 끊은 결정적인 사건이 일어났습니다.

나는 어릴 때부터 시를 수천 편을 썼고 수천 번 시를 읽으며 시 안에서 살아왔습니다. 그 아름다운 시를 잉태하고 출생한 시인들이 얼마나 아름다울까, 늘 상상해 왔어요. 그런데 시인이 되고 나니 시인들이 아름답지 않다는 걸 너무 많이 보게 되면서, 처음에는 경악했고 다음에는 절망했습니다.

하루는 나보다 스무 살이나 더 나이 먹은 한 시인이 나에게 수작을 걸었지요.

"우리 같은 문인들은 연애를 잘해야 해. 나랑 연애나 하자. 그 누구 있잖냐. 유명한 여류 소설가… 나랑 연애했었지. 그때 나는 멋진 시를 많이 쓸 수 있었어. 또 누구, 누구 있잖냐. 내가 밀어줘서 지금은 아주 유명해졌지. 너도 내가 밀어줄게. 나랑 연애하자."

시인의 입에서 나오는 더러운 말들을, 토사물 같이 쏟아져 나오는 말 아닌 말들을 참았습니다. 한동안 더 시인의 마을에 오가야 했지만 그날, 그 마을에 그 늙고 구릿 구릿한 음흉한 시인과 나뿐이었던 그 어느 날, 나를 덮치듯 와락 끌어안고 입을 맞추려고 했던 그날, 그 노인네는 나를 다시는 시인의 마을에 가고 싶지 않게 만든 일등공신이었습니다.

나도 모르게 아침에 먹은 음식을 다 토해내며, 눈물을 떨구며, 그 냄새나는 노인네를 밀치며, 그 마을을 영영 떠나고 말았습니다. 그리고 다시는 돌아가지 않았습니다.

그 마을에 가지 않았지만 나는 종종 시를 썼고 발표도 했습니다. 그러나 깊이 빠졌던 심리 상담학의 길이 시인의 길을 멀어지게 했습니다.

때때로 시를 치유에 이용하기도 하고 여전히 시집을 읽으며 시를 쓰지만 그 마을에서의 경험이 너무 더러워 발걸음을 옮길 수 없었습니다.

더 시간이 흘러 일상이 더욱 분주해지던 어느 날, 나는 그 노인네의 소식을 들었습니다. 가르치던 대학의 학생들을 성추행하다가 여러 명의 피해 학생들이 집단으로 고발해서 그 학교에서 쫓겨났다는 소식이었어요.

성추행이 로맨스라며 떠벌리던 그 시인이 오랫동안 버티다 결국 여론에 떠밀려 내려가는 시대의 변화가 새삼 고맙기도 한 오늘은 시인의 마을이 그리워집니다.

정말 아름다웠던 시인들의 시간이 있었거든요.

어여쁜 시인들이 모여 북한강변의 카페에서 은빛 강물에 반사된 생기 어린 얼굴로 도란도란 정담을 나누거나 최근 쓴 시를 서로 낭송해 주던 아름답게 반짝였던 시간들.

그런 시간들도 있었음을 그리움 묻은 시간의 이편에서 다시 기억합니다.

그때
떠날걸

나는 참 겁쟁이입니다.

낯선 곳을 무서워하는 겁쟁이.

그런데도 오래전부터 그런 생각을 했습니다.

한 달쯤, 내가 좋아하는 바닷가 마을에

방 하나 얻어서 살다 오면 어떨까?

하지만 막상 실천에 옮기려고 하면

갑자기 스케줄이 밀리거나

강연 요청이 많아지는 등

그곳에 가지 못할 현실적인 이유가 생겨버립니다.

주로 일적인 핑계 때문에 못 가게 되지만

가끔은 내면의 무언가가 발목을 잡고

놓아주지 않을 때도 있습니다.

거기가면 외로워 죽을 거야.

한 달은 너무 길어.

한 2박 3일 정도 여행 갔다 오면 되지, 뭐.

몇 년 전, 혼자 동유럽을 여행하고 온 적이 있습니다.

혼자라도 우아하게 여행을 잘할 줄 알았는데

그들은 둘씩 셋씩 친한 사이였고 나만 혼자였어요.

그들 사이에 끼기도 애매해서

밥도 혼자 먹고 낯선 가게도 혼자 돌아다녀야 했지요.

하루하루가 지날수록 정말로 외로워 죽는 줄 알았어요.

그 이후로 혼자 여행은 더욱더 못 가게 되었답니다.

일주일이나 이주일 정도 여행하는 건 익숙한데,
한 달씩 낯선 여행지로 가서 살아본다는 건
왜 이리도 어려운 걸까요.
여행하며 생기는 '낯선 외로움'이
이제는 견디기 힘들어서일까요?

코로나 바이러스가 종식되기 전까지는
그 낯선 외로움을 느낄 수 없게 되어
새삼 겁쟁이인 나를 탓하게 됩니다.
'그때 떠났어야지' 하고 말이죠.

하지만 그토록 떠나고 싶어 하는 이유는
결국 다시 돌아오기 위해서라는 걸 깨달았어요.
낯선 곳을 헤매며 외로워하다가,
지금의 익숙한 일상과 공간이 그리워지게 만들어
다시 돌아오고 싶어지게 만드는 게 아닐까요.

여행은 그런 거잖아요.

이민처럼 완전히 떠나는 것이 아니라

언제나 다시 제자리로 돌아오는 거잖아요.

제자리로 다시 돌아오고 싶어서

잠시 멀리 떠나 보는 것이지요.

떠나 보면 지긋지긋하던 집이 어느새 그리워지고,

'그래도 내 집이 최고야, 돌아오니 좋다' 그러잖아요.

그런 생각을 하면 여행을 갈 수 없는 현실도

조금은 위로가 될 것 같아요.

가난을
버리는 일

어릴 때 부유했던 집안이 한순간에 기울어 가난해진 후 내 몸과 마음속에는 가난이 자연스럽게 새겨졌나 봅니다. 일을 하지 않으면 잘못을 저지르고 있는 것처럼 초조해지고 불안해지니까요. 마치 뿌리 깊게 새겨진 가난이 나를 채찍질하는 것 같아요.

이제는 조금은 여유가 생겨 맛있는 음식을 사 먹을 수 있는데도 음식점 앞에만 서면 늘 가격을 따지고 있습니다.

어릴 때 공주로 살았던 사람은 가난해져도 실제로 부유했을 때의 행동을 그대로 한다지요. 반대로 너무 가난해서 할 수 없거나 가질 수 없는 게 많았던 나는, 이제는 어느 정도 가져도 될 정도가 되었지만 고급 식당에 가서 밥 한 끼 먹는 것도 주저하고 있네요.

실제의 가난과 몸에 밴 가난은
늘 비례하지는 않는다는 것.

오늘은 내 가난함을
한번 버려보기로 결심했습니다.

나를 사랑하는 법을
이제야 배웠습니다

나를 힘들게 하는 사람이 있었습니다.

친구라는 이름으로 내 곁에 들러붙어 계속해서 내 자존
감을 갉아먹고 깎아내렸지만 나는 과감히 떨쳐내지 못했
습니다. '이 사람은 나보다 훌륭한 사람이니 떠나면 안 돼'
라는 왜곡된 인식에 사로잡혀 있었죠.

그 사람이 이리 가자면 가고 저리 가자면 갔습니다. 가
끔 내가 약한 반항이라도 하면 "너는 왜 그러니? 그런 것

도 못해줘? 친구라면 함께 가줘야지." 하면서 나를 다그치곤 했지요.

　내가 절대로 떠나지 못할 거라고 확신한 그 사람은 점점 더 나를 힘들게 했습니다. 시험에 나올만한 문제를 뽑아서 바치게 했고, 먼 곳까지 가야 하는 심부름을 시켰고, 다른 사람들 앞에서 나를 마치 시녀처럼 대했지요.

　속으로 피눈물이 나고 수치스러웠지만 나는 고통을 주는 그 사람을 떠날 용기가 없었습니다.

　어느 날 또다시 그 사람이 내게 버거운 명령을 했습니다. 나는 겨우 용기를 내어 이렇게 말했습니다.

　"나는 가기 힘들어. 지금 다리를 다쳐서 너무 아파. 이해해 줘."

　그러자 그 사람은 나를 다그치며 친구가 어떻게 그럴 수 있냐며 길길이 날뛰었지요.

나도 목소리를 낼 수 있고 아프다고 말할 수 있고 내 의견을 말할 수 있다는 걸 그 한 번의 거절로 강렬하게 깨달았습니다.

나는 그 사람을 떠나면 내 존재가 무無로 돌아가는 줄 알았고 내 존재가 연기처럼 사라질 줄 알았는데 오히려 연기처럼 희미하던 내 존재가 뚜렷한 형상으로 되살아나는 걸 느꼈어요.

그 사람은 혼자 화를 내며 씩씩대다가 자신의 세계로 가버렸고 나는 다시 그 사람을 만날 수 없었습니다. 너무 무서웠지만 용기를 내길 참 잘했습니다.

그 후부터 나는 나를 조금 사랑하게 되었습니다. 나를 조금씩 좋아하게 되었습니다.

나의 멍든 마음도 좋아졌고, 생채기가 나 쩍쩍 갈라진 상처도 좋아졌습니다. 타인의 말에 휘둘리지 않을 정도로 튼튼한 마음이 되고부터는 나 자신이 더욱 좋아졌습니다.

텔레비전에 나오는 연예인처럼 예쁘거나 날씬하지 않아도, 엄청나게 부자가 되지 못했어도, 그저 평범한 한 여자로 힘든 시간을 매번 맞닥뜨리며 살고 있어도 그런 내가 점점 더 좋아졌습니다.

내가 나를 사랑하게 되니 다른 사람에 대한 경계심이 풀렸습니다. 다른 사람의 아픔이 보이기 시작했습니다. 깊은 공감의 능력이 내 안에 그토록 깊게 자리 잡고 있는 것도 처음 알았습니다.

나는 나를 사랑하는 법을 계속 터득해 가며 점점 더 성장해 갔습니다. 그럴수록 나도 몰랐던 나를 점점 더 알게 되었습니다. 알게 될수록 더욱 사랑스러운 나를 만나게 되었습니다.

그리고 자신이 사랑스럽다는 걸 모르는 당신을 만나 당신의 참 모습도 알 수 있게 도와주었습니다. 나도 당신도 참 사랑스럽습니다.

part 3.

o

어디에 있어도
그대 아픔이
보여

문득,
너의 내면에서 폭포수처럼 쏟아지는
슬픔과 외로움과 영혼의 통증을 모른 체하지 않는 사람.
온 힘을 다해 우주만큼 광활하고 깊은 상처를
자신의 것으로 받아들일 준비가 된 사람.

너를 위해,
나는 그런 사람이 될 거야.

그렇게 너를 사랑하려고
나는 내 성긴 마음을 기웠어.

심장에
너를 넣고

사람은 누구나 사랑을 받고 싶어 합니다.

누구 한 사람에게만은

원 없이 조건 없는 사랑을 받고 싶어 하지요.

그러던 어느 날, 한 사람이 마음에 들어왔습니다.

허상 같은 짝사랑의 시작이었죠.

혼자 그를 심장에 넣고

길고 긴 통증의 시간 속에서

불타는 눈빛을 아무리 보내도 모르는 그를

잊어야지 하면서도 계속 마음을 못 내리고

짝사랑, 외사랑이 그토록 슬프다는 걸

그때 처음 알았습니다.

내가 간절히 바라보는 그의 눈길이

다른 이에게 향해 있을 때는

이 세상을 다 잃은 심정이 되어

땅 밑으로 꺼져 들어갑니다.

어디서부터 엇갈렸을까.

분명히 나를 볼 때가 있었는데

내 마음 깊이 집어넣었었는데

시간을 되짚어 가며 아무리 더듬어 봐도

이렇게 엇갈려 버린 그와의 운명이
어디서부터 잘못되었는지 알 수가 없습니다.

언젠가는 이 짝사랑의 빛이 바래고
수명이 다할 때가 있겠지요.
그때는 그 시간이 아름다웠다고 회상할 수도 있겠지요.

그러나 지금, 이토록 슬픈 시간이
영원히 끝나지 않을 것 같은 기분은
어떻게 해야 할까요?

내 마음
방

내가 그대에게 간다고 해놓고

시간이 이렇게 지나버렸네요. 미안해요.

그 시간이 흘러

내 안에 고인 시간이 슬픔을 만드는 동안에도

그대 생각을 하지 못했네요.

너무 분주해서, 너무 할 일이 많아서

그래서 내 세계에 깊이 몰입해 있는 동안

내 마음 방에 그대가 찾아온 줄도 몰랐어요.

너무 바빠서
우울하단 생각도 못하고 외롭단 생각도 못했는데
그대가 내 마음 방 앞에서 문을 두드리니
커다란 깨달음의 종소리가 뎅, 하고 울리며
내 마음 빗장을 열어주네요.

그제야 그대가 없어서
내가 얼마나 외로웠는지, 얼마나 슬펐는지,
우울이 해시계를 몇 개나 넘어서
몇 번의 어둠을 몰고 왔는지 깨달았답니다.

내 마음 방을 두드려 줘서 너무 고마워요.
내 외로움을 깨워줘서.
내 슬픔을 깨워줘서.
살아있음을 새삼 느끼게 해줘서 너무 고마워요.

그리움,
그 속 아픈 감정을

그대를 참 오랫동안 보지 못했습니다.

처음엔 죽을 것 같았습니다.

죽을 것 같던 시간을 겨우 견뎌내니

그리움이란 감정이 움을 틔웠습니다.

그리움,

그 짙은 감정이

생애를 타고 넘어와

속 아픈 상처가 되었습니다.

아무리 그리워해도

그리움이 지워지지 않는 시간 속에서

무채색의 시간이 속절없이 흐르고 흘러

울음도 잠잠해지며 해 그림자 속으로 잠기니

울컥, 하며 뱉어낸 낯선 감정에

마침내 무너지는 처절한 느낌.

입안엔 쓴물이 가득 고입니다.

그런 그리움 속에서

나는 또 그대를 그리워하고 있습니다.

거기는
못 가요

그대와 함께 갔던 그곳에 이제 다시는 못 가겠어요.

쩌릿, 하는 통증에 콕 찔려 숨을 못 쉴 것 같거든요.

이렇게 헤어질 줄 알았으면

아무 데도 함께 가지 말 것을.

유독 통증이 더 느껴지는 곳들이 있어요.

작은 기차역 같은 곳이죠.

어쩌다 꼭 지나쳐야만 했던 그곳을 무심코 지나가다가

나는 속으로 비명을 질렀어요.

비수가 심장으로 들어오는 느낌.

아, 그토록 아플 줄 몰랐어요.

헤어져 돌아설 때 뒤돌아보면

아직도 그곳에 멈춰 서서

내가 사라질 때까지 손을 흔들던 모습이

지금도 눈에 선해요.

그 다정하던 손짓을 내가 어떻게 잊을 수 있을까요?

그 따뜻했던 손짓과 미소가

아무리 시간이 흘러도 잊혀지지 않네요.

그까짓 손짓 하나에 무슨 의미가 있다고.

이렇게 찢어져 다신 못 보는데

미소 지으며 한동안 서 있던 그곳에 무슨 의미가 있다고

그곳엘 못 가게 되었을까요?

그곳에 가면 아직도 내게 손 흔들어 줄 그대가

있기라도 한 것처럼, 아니 이젠 그대 그림자도 지워졌을

거길 나는 못 가요.

정신없이 바빠 총총 걸음으로 다녔던 어느 날,

나도 모르게 그곳을 지나치게 되었어요.

머리보다 심장이 먼저 알아차리곤

찡. 하는 통증에 숨도 못 쉬고

한동안 멈춰 서서 호흡을 가다듬어야 했던 그 시간,

그대를 떠나보내지 못한 내 심장을 보았어요.

아직도 아파하는 내 이별을 그곳에서 마주쳤어요.

그리고 생각했어요.

다시는 그곳에 가면 안 되겠다고.

그러고 보니 그대와

한 번 갔던 곳, 두 번 갔던 곳, 여러 번 갔던 곳,

함께 갔던 횟수만큼 고통이 커져갔던 거였어요.

그래서 간 횟수가 많아질수록 마음에 새겨진 이미지가
더욱 아프게 각인되었던 거죠.

가지 못하는 장소마다

그대를 묻고 통곡이라도 해야겠어요.

눈물을 흘릴 만큼 흘려야겠어요.

만남도 이별도 눈물만큼 아름다우면 좋겠어요.

울어도 괜찮다고 말해주세요.

다시 그곳에 갈 수 있도록.

나는 사람을 너무 쉽게 믿습니다.

그냥 한번 만나서 따뜻한 말 몇 마디만 들어도 그 사람을 의심할 줄 모르고 그냥 믿어버립니다. 누군가는 내가 너무 물렁하다고 합니다. 오랫동안 물렁해서 당하고 당하다, 단 한 번 단호해질 때는 무섭게 단호해진다고 합니다.

사람을 의심하는 건 너무 지치고 힘든 일이에요. 그 사람의 말이 가식적인지 의심부터 하며 대화를 하고 관계를 이어간다는 게 나로서는 거의 불가능에 가까운 힘든 일이죠. 사람을 보이는 그대로 보는 게 나쁜 건 아니잖아요.

그러다 한번은 호되게 당했습니다.

너무나 친절하고 다정해서 점점 그 사람을 나도 모르게 철석 같이 믿어버린 모양입니다. 그토록 친절하고 예의바르게 다가오는데 어떻게 믿지 않을 수 있을까요? 그러다 사기를 당했지요. (세상의 모든 사기꾼들에게 저주가 임하기를!)

사기꾼들에게 해피 엔딩은 결코 없지요. 그러나 그런 사실만으로는 사기당한 상처가 쉽게 가라앉지는 않아요. 대부분의 사기가 먼저 친분을 쌓고 그 친분을 이용해 벌어지기 때문에 사람에 대한 상처가 매우 깊게 새겨지거든요.

이를 갈며 슬퍼하는 나에게, 누구라도 그 상황에서 사기를 당했을 거라며 가족과 친구들이 위로했지만 마음엔 분노와 절망이 가득 찼습니다. 그 아픈 감정을 해결하기까지 시간이 참 많이 걸렸지요.

그 일을 겪은 후 사람을 제대로 봐야겠다, 라며 마음을 다져먹었지요. 그러나 천성이 어디 쉽게 변하겠어요? 나는 또 너무 빨리 사람들을 믿어버립니다. 그러다 좋은 사람을 발견하면 아이처럼 기뻐합니다.

하지만 나는 종종 계속 불안을 가진 채 관계를 이어간다는 걸 알았습니다. 한번 호되게 당했더니, '자라보고 놀란 가슴 솥뚜껑 보고 놀란다'는 속담처럼 꼭 그렇게 된 모양입니다.

그래도 나는 희미하고 어두침침한 일상의 시간들 속에서 내 안에 샘솟는 희망 같은 것을 건지며 또다시 사람을 믿게 됩니다. 두려움과 불안에도 불구하고 지금도 믿고 있어요.

외로움은
나쁜 거라는 말

우리는 수많은 선입견과 편견에 사로잡혀 살아가고 있어요. 특히 외로움에 대한 말에는 편견이 많아요.

"혼자 있는 건 안 좋아."
"외로운 건 나쁜 거야."

사람들이 하는 이런 말들이 세상을 더 외롭게 하는 것 같아요. 그 말들이 한 사람 한 사람의 귀에 꽂혀 너, 나, 우리 모두를 외로움에 물들게 하고 있는 것 같아요.

외로움은 나쁘다는 잘못된 해석이 우리의 감정을 더욱
고립시켜 진짜 외로움을 만드는 건 아닐까요?

그 말이 진짜 외로움을 만들어
심장에 박히는 건 아닐까요?

스물다섯 살의
고백

만나는 동안 고통스러워도 헤어지지 못했던 건,
그가 없으면 죽을 것 같았기 때문이었어요.
그를 떼어내면
내 살점을 도려내는 것 같은 통증이 덮칠 거라고
지레 겁을 먹었던 거예요.

그의 가스라이팅은 나를 숨 못 쉬게 했고
매일 올라오는 불안은

짙은 안개처럼 일상을 덮어버렸습니다.

그는 매일, 매순간 이렇게 말했어요.

"네가 나 없이도 잘 살 줄 알아?"

그에게 길들여져 얽매여 있던 나는

학습된 무력감에 빠진 채

도망갈 수 있는 길이 활짝 열렸을 때조차

한 발자국도 움직일 수 없었습니다.

그가 무서웠지만 그 공포보다 더 무서운 것은

정말로 그 사람 없이는 살 수 없을 것 같은,

내 머릿속에 꼭꼭 눌러 써진 문신 같은 생각.

나는 정말 그가 없으면 죽는 줄 알았습니다.

이제 빠져나가자.

조금만 힘내.

저기 열린 문을 힘차게 밀고 나가는 거야.

네 잘못이 아니야.

자책하지 마.

이제 가도 돼.

그리고 마침내

그 기나긴 시간들과 그를 잘라낸 뒤

다른 세계로 뛰쳐나갔습니다.

그래서 살아났습니다.

귀를 찾아온
기억

내가 살았던 동네에는

두툼한 시멘트로 만든 담벼락과

그 담벼락들로 이어진 꼬불한 골목이 많았어요.

작은 손끝으로 쓸어내리던 구멍 난 골목길

골목마다 즐비한 희미한 대문소리

서걱거리는 마찰음이

그곳을 떠난 20여 년을 뒤돌아보게 해요.

햇살이 미지근한 오후가 되면
대문 너머 마당에 널린 초라한 옷들이
무심한 바람에 펄럭이고
동네에 있던 유일한 이발소엔 삼색 회전등이
영원히 돌아갈 것처럼 움직였어요.

지금도 환청, 환시보다 더 생생한
내 몸의
눈의
귀의
가난한 기억들
무엇을 위해 그것들 아직 살아있는지….

무슨 부끄러움이
그리도 많아서

무슨 부끄러움이 그리도 많았을까요?

내 걸음걸이, 생김새, 손등이 너무 부끄러웠어요.
내 존재가 부끄러움에 휩싸여 있었지요.

'살아있다'는 엄청난 무게가
앞으로 '살아내야 한다'는 생각의 무게가
너무 무거워서

그 사실을 제대로 지탱하지 못하는 목뼈와 척추가
그저 부끄러웠습니다.

생기 넘치는 또래 아이들의 얼굴이
내 창백한 뺨과 비교될 때
그 아이들의 깨끗한 옷차림이
낡은 내 옷과 대비될 때
그보다 더 낡은 수치심이 올라왔고
"너한테 냄새 나"라던
짝꿍의 천진한 말 한마디에 심장이 찔리며
내 몸의 냄새도 부끄러웠습니다.

부끄러움으로 가득 찬 마음에서는
계속해서 살 수 없겠다는 목소리가 흘러나왔고
그래도 살아가야 했던 소녀는 부끄러움을 감추느라
늘 붉게 상기된 얼굴로 다녀야 했습니다.

땅 위에
그림을 그렸어요

옆방 아저씨는 그림을 참 잘 그렸습니다.

아저씨는 언제나 방문을 열어놓고 그림을 그리곤 했는데, 물감과 붓, 팔레트를 그때 처음 보았어요.

아저씨가 쓱쓱 물감을 찍어 도화지 위에 붓을 몇 번 왔다 갔다 하면 산이 생겼고 산 위에 나무가 촘촘히 박혔습니다. 산을 오르는 작은 사람들이 나무 사이사이에 새롭게 생겨났습니다.

나는 아저씨를 방해하지 않고 조용히 옆에 가 앉아 아저씨의 창조물을 신기하고 놀랍게 바라보는 것이 참 좋았습니다. 그 아저씨도 부산하지 않고 신기한 듯 조용히 바라보는 작은 관람객이 싫지는 않았나 봅니다.

어느 날 드디어 아저씨의 목소리를 듣게 되었어요.

"애야, 너도 그림 그리는 게 좋으냐? 여기 봐라. 이렇게 이렇게 그리면 나무가 되지? 산그늘을 만들려면 물감을 이렇게 덧바르면 되지. 하늘은 맑게 하려면 물을 많이 섞어서 이렇게 이렇게…."

아저씨는 내게 그림 그리는 법을 설명해 주며 그려나갔습니다. 그때부터였어요. 그림 그리는 게 좋아진 것은.

몇 달 후 그 아저씨는 흔적도 없이 사라졌습니다. 그 방에 몇 장의 도화지와 연필을 남긴 채로요.

나는 그 도화지에 아저씨가 그린 그림을 기억하며 연필

로 그림을 그려보았습니다. 그림을 그리면서 마음이 점점 채워지는 걸 느끼게 되었습니다. 그 도화지들이 그림으로 다 채워지고 새 도화지가 더 이상 없게 되자 그때부터 마당 위에 꼬챙이로 그림을 그리기 시작했습니다.

땅 위에 그린 그림은 사람들이 밟고 지나가면 없어져 버렸지만 다음 날 또다시 새 그림을 그릴 수 있어서 좋았습니다. 내 마음의 감정을 그림으로 표현해 보는 건 정말 좋았어요.

어느 날부터인가 학교에 가면 아이들이 공책 뒷장을 펴들고 내 앞에 줄을 서기 시작했습니다. 나는 그 애들의 공책 뒷면에 그림을 그려주었습니다.

"와, 예쁘다. 고마워."

아이들이 즐거워하는 것이 기분 좋았습니다.

아이들의 공책 뒷면엔 내가 그려준 공주님, 왕자님, 나뭇잎을 들고 있는 소녀, 긴 드레스를 입은 화려한 아가씨,

산과 바다, 슬프게 울고 있는 사람… 그런 그림들로 채워져 갔습니다.

나는 내게 그림을 가르쳐준 옆방 아저씨를 그 후로도 오랫동안 생각했습니다. 그림을 그리며 새로운 세계에 눈을 뜨게 해준 고마운 아저씨를 지금까지도 기억하고 있습니다.

아저씨는 지금, 어디서 뭘 하고 계실까요?

나의 부끄러움과 슬픔과 외로움을 시와 그림으로 풀어
낸 문집 한 권이 있었습니다.

옆자리 아이가 내 가방 속에 들어있던 문집을 발견하곤
빼앗아 가더니 반 애들 모두가 내 문집을 돌려 보며 며칠
이 지나도 돌려주지 않았어요.

그러던 어느 날, 내 문집은 흔적도 없이 사라져 버렸습
니다. 나는 애타게 문집을 찾았습니다. 처음 가져간 아이

에게 내 문집을 어떻게 했냐고 물었더니 "재가 가져갔어"라며 시큰둥하게 대답했습니다. 그 애한테 물었더니 "재가 본다며 가져갔어", 그래서 그 애한테 갔더니 또 다른 애가 가져갔다는 것이었어요. 그 애들 중 누군가가 내 문집을 일부러 버린 게 분명했습니다. 아니 훔쳐간 것 같았습니다.

그림이나 글을 잘 쓴다며 선생님께 칭찬받던 나를 시기한 어떤 애가 그걸 버리거나 훔친 게 분명했습니다. 용기를 내 선생님에게 말했지만, 선생님은 치밀하게 수사해 주지 않았고 그 일도 흐지부지 잊혀져 버렸습니다.

그렇게, 분신처럼 소중히 여겼던 문집이 사라져 버렸습니다. 열다섯 살의 나의 전 인생이 사라져 버린 것이었어요. 나의 첫 책이었던 그 문집이 어디에 버려졌는지 지금도 궁금해요.

수십 년이 지나도록 그때의 아쉽고 슬픈 감정이 남아있

는 걸 보면 그 두꺼운 문집 속에 들어있던 내 감정과 내 생각들이 가볍지 않았나 봅니다.

슬픔도 때론 오랜 그리움이 될 수 있나 봐요.

사물보다
가벼운 죽음

이렇게 살 수는 없어, 내 생은 여기까지야.

세상에서 나를 없애고 싶었던 날이었어요.

세상에 나 하나쯤 없어지는 게

뭐 그리 대단한 일이겠어요.

누군가 잠깐 슬퍼하며 눈물을 흘려주겠지만

달이 가고 해가 몇 번 가기도 전에

내가 세상에 살았던 흔적은 다 사라지고 없겠지요.

늘 지나다니던

오래된 약국 간판이 태풍에 기울어 달랑거리고

심은 지 얼마 안 된 싱싱한 가로수가 꺾인 길을 걸어가며

그 간판과 그 나무의 죽음은 의미심장하게 바라보면서

정작 내 죽음은 이토록 가벼운 취급을 받고 있다니.

그게 문득 슬퍼지는 날이었어요.

그대의 슬픔엔
영양가가 많아요

그대의 실루엣이 슬픕니다.

그대의 뼈들이 슬픕니다.

그대의 슬픔엔 영양가가 많아요.

슬픔에서 녹여낸 눈물이 사과나무를 키웠지요.

발갛게 익어 달콤한 사과나무.

더러 벌레가 먹어 가슴 한편 빨갛게 금이 가 아려도

그대의 슬픔엔 영양가가 많아요.

.

왜 종소리가
그리울까요

우리 집으로 올라가던 언덕에는 나지막한 예배당이 자리 잡고 있었습니다.

정해진 시간이 되면 어김없이 뎅그랑 뎅그랑 맑은 종소리가 온 마을을 물들였어요. 한번은 너무 궁금해서 교회 마당으로 올라가 보았어요. 허리가 약간 굽어진 중년 아저씨가 종 밑에서 밧줄을 흔들고 있었어요. 아저씨가 한 번 흔들 때마다 뎅그랑 하는 맑은 종소리가 동네로 퍼져나가고 있었어요.

그 종소리를 듣는 게 왜 그리 좋았던지 언덕배기를 올라
갈 때마다 종소리가 들릴까 봐 한참 예배당 앞에 서있다
가곤 했어요.

종치기가 사라지고 종소리도 사라진 어느 해, 똑같은
종소리를 이탈리아의 어느 소도시에서 다시 들을 수 있
었어요.

시간을 건너고 바다를 건너고 나라를 건너서
어릴 때의 종소리가 다시 들렸을 때
나의 어린 시절도 다시 따라와
맑은 종소리를 듣고 있었습니다.

당신과
당신의 이름과
당신의 눈빛을 떠나보내고 나서도

가기 싫어하는 당신을 억지로 떼어내어

나의 시간과 멀어지게 한 후

나는 긴 여행을 떠났습니다. 사실,

다시는 돌아오지 않을 생각으로 떠난 여행이었습니다.

당신의 시간과 내 시간이 겹쳐지지 않는 시간이

꽃이 몇 번 피고 질 때까지 이어졌습니다.

나는 당신의 시간을 고이 접어

그냥 그대로 흘러가게 놔두고 싶었습니다.

우리가 헤어져 서로 다른 시간 속에서

엇갈리는 삶을 헤아리고 있을지라도

기억마저 떠밀어 버릴 수는 없었다는 것을

당신이 떠나고 또 한 번의 꽃이 피고

또 한 번의 폭우가 내리고 나서야 알았습니다.

내 시간을 당신은 묻지 않았고

당신의 시간을 나는 묻지 않았습니다.

그저 오랜 여행에서 돌아와

피곤했겠다고, 수고했다고,

어깨를 서로 토닥여 주었습니다.

그렇게 애써 떠나지 못한 우리는

폭우 속에서 서로를 안아주었습니다.

그래도 사랑하길
잘 했어요

너무나 사랑했지만 헤어질 수밖에 없었던 사연이 이 세상에 얼마나 많을까요?

"널 너무 사랑해서 헤어질 수밖에 없었어"라는 말이 미친 변명이라고 생각하던 때도 있었지만, 사랑이 아직 끝나지 않았어도 헤어질 수 있음을 우리는 알고 있습니다.

그토록 순수하고 깊은 사랑을 잃어버리면 우리는 뼈아

프게 후회합니다. 괜히 사랑했다고. 이럴 줄 알았으면 사랑 따위 안 하는 게 좋았을 텐데. 매번 이렇게 아파하면서 또 사랑에 빠지다니.

사랑의 깊이와 강도는 그 사랑에 뛰어들었던 사람만이 알 수 있는 거겠지요. 그리고 떠나고 나서야 더 절실하고 애틋한 게 사랑이겠지요.

나도 그랬습니다.

절대로 놓지 말아야 했던, 사랑했던 그 사람을 잃어버린 적이 있어요. 내 손을 놓지 않으려고 기를 썼던 그 사람의 손을 놓아버리고 얼마나 오랜 시간 방황했는지 모릅니다. 모질게 놓아버리고 나서 겪은 고통은 죽음과도 같았습니다.

그래도 사랑하길 잘 했습니다.

떠난 사랑이더라도, 혹은 이 지상에서는 다시 이어질 수 없는 슬픈 사랑일지라도 사랑하길 잘 했다고 생각합니다.

사랑하던 그 시간의 소중함과 빛나는 눈빛과 눈부신 미소는 사랑하지 않았다면 평생 절대로 경험하지 못할 것이기 때문에 나는 그토록 깊은 슬픔과 후회에도 불구하고 사랑하길 잘 했다 정말 잘 했다, 스스로에게 말해줍니다.

하나의 사랑이 떠밀려 내려가고 새로운 사랑이 올 때, 그 전의 사랑이 아무것도 아닌 것이 아니라 그 전의 사랑 때문에 새롭게 다가오는 사랑이 더욱 풍성하고 어른스러워진다는 걸 시간이 지날수록 더욱 느끼게 됩니다.

아픈 기억조차 지금은 아름다운 추억이 되었습니다.

정말, 사랑하길 너무나 잘 했습니다.

어디에 있어도
그대 아픔이 보여

내 극심한 아픔 때문인지
아픈 사람이 유독 잘 보였습니다.
어딜 가나 보였어요.

그림을 그리다가,
'이 그림을 보는 누군가가
아픈 마음을 치유하게 되었으면'

시를 쓰다가,

'이 시를 읽는 누군가가

아픈 마음을 위로받게 되기를'

책을 집필하다가,

'이 책을 읽는 누군가가 마음의 쉼을 얻었으면'

모든 것이 아픔과 치유로 귀결되는 생각들….

이것이 어쩌면 내 운명이었나 봅니다.

나는 적막이 외로운 사람이라,

홀로 고요히 글을 써야 할 때조차 사람들이 백색 소음을 내고 있는 곳으로 가야 합니다. 혼자일 때의 고독이 오히려 글쓰기를 방해하기 때문이지요. 글쓰기에 몰입하는 순간, 옆에 누가 있든 없든 아무 상관도 없어지는데 말입니다.

꾸역꾸역 노트북과 가방, 물병을 챙겨서 카페를 찾아갑

니다. 작은 카페에서는 오래 있을 수 없어 빨리 일어나고, 큰 카페에서는 시간이 지날수록 소음이 커지고 아이들이 소리를 지르기도 해서 오래 있을 수가 없습니다.

하지만 카페 속 다양한 사람들 모습, 와글거리는 소음 속에서 나는 크고 작은 외로움을 느낍니다.

나의 글은 적당한 소음과 적당한 외로움으로 이곳에서 한 글자씩 빚어지고 있습니다.

스무 살이 넘어 순대를 처음 먹었습니다.

"이 징그럽게 생긴 걸 어떻게 먹어? 아유 싫어." 친구의 권유에 자른 순대 하나를 코에 대고 킁킁거리다 냄새도 이상하다며 기어이 먹지 않았어요.

그런데 도시로 나오자 사람들이 너무나 맛있게 순대며 간과 허파까지 소금에 찍어 먹고 있었어요. 저혈압에 빈혈기까지 있던 나는 의사 선생님이 "순대를 먹으면 좋아요"

라는 권유에 값싼 철분제를 먹는다는 심정으로 처음 순대를 먹게 되었어요. 처음에는 싫었지만 한 번, 두 번 먹는 동안 순대가 맛있다는 걸 알게 되었지요.

그런데 아직도 못 먹는 것들이 있어요. 예를 들면, 피를 굳혀 끓인 선지해장국, 보신탕, 그런 것들이죠.

아직도 요리하지 못하는 것들도 있어요. 살아있는 전복을 써는 것, 살아있는 꽃게를 반 토막 내는 것. 찌개에 넣어주면 잘만 먹는 것들이지만, 살아있는 걸 내가 직접 만지고 죽이는 건 못해요.

언젠가 엄마가 살아있는 가물치를 사가지고 와서 첫 아이를 출산한 내게 먹인 일이 있었는데 그때 가물치가 그렇게 힘이 센 걸 처음 알았어요. 참기름을 두른 큰 솥에 가물치를 넣고 가스레인지 불을 켜자 뜨거워진 솥 안에서 가물치가 발버둥 치다 튀어나와 발버둥을 쳤어요. 그러자 엄마조차도 "엄마야"하며 발을 굴렀어요. 가물치는 겨우 숨을 거두었고, 기름기 가득한 가물치탕을 억지로 먹은 기억이 나네요.

어느 날 보신이 된다며 얼큰한 탕 한 사발이 내 앞에 놓였어요. 몸이 약하다며 얼른 먹으라는 어른들의 채근에 못 이겨 몇 숟가락 입에 넣었는데 냄새가 이상해 토할 것 같았죠.

그런데 다음 날 탕에 들었던 고기가 우리 집 누렁이였다는 걸 알았을 때 나는 거의 기절할 듯이 놀랐어요. 그리고 누렁이집 앞에서 대성통곡을 했어요. 하루 종일 울었어요. 내 울음소리가 담장을 넘어 온 동네에 울렸을 거예요. 학교 다녀오면 대문 앞으로 마중 나오며 펄쩍 펄쩍 나를 반겨주었던 내 예쁜 누렁이를 그렇게 보내고 나는 며칠 동안 울며 아무것도 먹지 못했어요.

살기 위해 살아있는 것을 먹는다는 건 새삼 당연하면서도 그 당연함이 너무 미안한 일인 것 같아요.

한 번 갔던
카페는

한 번 갔던 카페에 다시 가는 걸 좋아하지 않습니다.

내 외로움을 머금고 있는
눈에 익은 테이블과 의자를
다시 만나고 싶지 않습니다.

그것들은 그냥
언제나 놓여있는 그대로 놓여있기를
그리고 나를 기억하지 말기를.

　사람 사이의 소통은 혈액처럼 우리 몸속을 돌아 우리를 살아있게 해요. 소통이 원활하게 일어나려면 누군가의 마음의 목소리에 깊이 닿도록 노력하며 진심을 다해 경청해야 하죠.

　내가 하는 일은 경청하고 공감하는 일이에요. 오랜 세월 더욱 잘 경청하고 공감해 주려고 애를 쓰며 살았어요. 그런데 내 마음에 여유가 사라지는 순간에는 숨이 턱 막힌

듯 마음이 막혀 아무 것도 못할 때가 있어요.

사람이 사람에게 공감하는 일은 얼핏 보기엔 쉬워 보일 수 있지만 결코 쉽지 않아요. 매 순간 상대방의 통증을 같이 느껴야 하고 상대방의 애타는 이야기에 슬픔을 느껴야 하는 일이거든요.

하루는 이런 사람이 찾아왔어요. 아무 말 없이 그냥 나를 노려보는 사람이었어요. 그 눈빛에는 불안과 분노가 가득 차있었어요. 그는 아무 말도 없이 그저 내가 자신을 치유해 주길 바라는 듯 했지요.

나는 말했어요.

"말하지 않으면 아무도 당신의 감정을 알 수 없어요. 그래서 공감을 받을 수도 없지요. 나는 당신을 위해 여기 있으니, 어떤 이야기든 쏟아내 보세요."

불길 같은 분노로 가득 찼던 그의 눈빛은 점차 슬픈 빛을 띠었어요.

그는 자신의 이야기를 털어놓기 시작했고 나는 그 목소리에 깊이 경청하며 공감을 통해 그의 아픈 마음을 어루만졌어요. 그렇게 치유는 서서히 일어났어요. 죽음이 서렸던 영혼에 치유가 일어나는 건 늘 경이로워요.

험한 세상 살다가 누군가 한 명만 내 목소리에 경청해 주고 공감해 주면 아무리 힘들어도 살만해질 거예요. 죽고 싶어도 살 수 있는 힘을 주니까요.

외롭고 추운 우리 모두는 서로가 서로에게 경청과 공감으로 소통하며 서로를 따뜻하게 데워줄 수 있어요.

part 4.

ㅇ

내가 살아남은 건

다

그대 덕분이야

계절이 하나씩 지나가는 동안

너의 아픈 상처도 아물기 시작했어.

새순이 돋아나듯이 새살이 오르고

고통을 건너 낯선 세계로,

용감하게 나아가게 된 거야.

이렇게 아름다운 날이 있었을까.

사랑스러운 너의 앞날을 오늘도 난 힘껏 응원하고 있어.

위로가 간절한
그런 날이 있죠

오래전 한 젊은 여성이 상담실에 왔습니다.

"어린 딸이 얼마 전 하늘나라에 갔어요…."
그 여성이 처음으로 내게 한 말이었습니다.

그 말은 언어가 아니라 분자나 원자가 되어 상담실을 날아다니다 이곳저곳에 공기처럼 내려앉았어요. 상담실의 공기는 순식간에 무채색이 되어 가라앉기 시작했어요. 끝도 없을 것 같은 시간이 흐르는 동안 침묵이 방 안을 가득

채웠습니다.

그녀가 차마 다 내뱉지 못한 마음 속 무수한 말들이 속절없이 흐르는 시간 속에서 투명한 자막으로 그녀의 심장에 알알이 맺히는 것을 보며 내 안에도 슬픔이 흘러내렸어요.

또 다른 어느 날, 5년 넘게 깊이 사랑했던 사람을 떠나보낸 서른세 살의 아름다운 여성이 있었습니다.

모든 이별에는 애도의 과정이 필요한 법, 너무 아플 때는 말보다 마음에 닿는 일이 필요하답니다. 섣부른 위로는 가뜩이나 아픈 마음에 또 한 번 상처를 줄 수 있으니까요. 나는 그녀가 스스로 자신의 이야기를 꺼낼 때까지 오래 기다려 주었습니다.

소중한 존재를 떠나보낸 사람들을 만날 때면, 고작 열다섯 해만 살다 죽은 내 동생이 또다시 그리워집니다. 죽은 사람을 그리워하는 데에는 약이 없습니다. 세월이 지난다고 그 그리움이 자연스레 사라지는 것도 아니죠.

공부와 일을 위해 일찍이 독립해서 먼 지방으로 가있던 내게 동생이 별안간 찾아왔던 날을 잊을 수 없습니다. 학교에 가야 하는 녀석이 땡땡이를 치고 먼 곳까지 누나를 보겠다고 찾아오다니. 아마도 그런 마음에 그 애를 반겨주지 못한 것 같습니다. '잘 왔다, 보고 싶었다' 이런 말도 하지 못했던 것 같아요. 그때 와락 안아주면서 한껏 환대해 주었더라면 지금보다 마음이 덜 아팠을까요?

그때의 내 생활이 너무 팍팍하고 너무 고단했다는 것도 핑계가 되지 못합니다. 단 하룻밤이라도 데리고 있으면서 다독거려 주지 못한 것이 평생의 후회와 아픔이 되어 남을 줄, 그때는 몰랐습니다.

고작 내가 그 애에게 해준 것은 시장에 데려가 밥을 사 먹이고 싸구려 손목시계를 사서 손목에 채워준 것, 그것이

전부입니다.

아, 그 시계. 그 아이는 죽어가는 동안에도 그 시계를 차고 있었다고 합니다.

지금 이 글을 쓰는 동안, 심장이 뻐근해지는 걸 느낍니다. 다시 눈물이 솟구치고 극심한 그리움에 숨이 잘 쉬어지지 않습니다.

너무 보고 싶어. 너무 보고 싶다.

생각날 때마다 눈물이 차오르고 심장이 아파 생각하지 않으려 애쓰며 살아왔지만 나도 모르게 그 애를 그리워하고 있는 건 막을 길이 없습니다.

나보다 열 살이나 어린 내 동생은 그게 마지막인 걸 미리 알았다는 듯이 그 만남 이후로 영원히 하늘로 가버렸습니다. 엄마의 부재가 잦아, 내가 엄마처럼 그 아이를 먹이고 입히고 업어주며 키웠었는데 그 짧은 열다섯 해의 삶을 끝으로 영원히 이별을 하고 말았습니다.

언젠가 한번은, 그 녀석이 너무 보고 싶어 나도 이 생의 시간을 끊어버리고 날아가고 싶었던 때가 있었습니다. 그 땐 내 인생에 깃든 우울이 아주 깊어졌던 시기였어요. 너무 사랑했던 누군가의 죽음은 삶을 내려놓고 싶을 만큼의 우울을 부르기도 한다는 것을 나는 체험으로 알게 되었어요.

그때 내 등을 토닥이며 말없이 울어주었던 그대의 목소리를 어떻게 잊겠어요. 그 목소리의 위력으로 나는 살아갈 힘을 조금씩 얻었으니까요. 온 우주를 흔들듯 다가와 내 마음을 따뜻하게 위로하며 지켜준 그대의 목소리에 오랫동안 감사했어요. 지금까지도. 그 후 죽지 않고 살아서, 나도 누군가의 따뜻한 목소리가 되고 싶었어요.

사랑하던 이들과의 이별은 그 형태가 어떠하든지 간에 견디기 힘든 고통을 몰고 옵니다. 그 힘든 '이별 통증'을 우리 모두는 겪어내며 지나가고 있는 것이지요. 그래서 누군가의 '가만히 함께 있어주는 위로', '침묵하는 위로의 목소리', '함께 흘리는 눈물' 그런 것들이 필요합니다.

어떤 종류의 이별이든, 우리 모두는 크고 작은 이별을 하며 아프게 살아가고 있어요. 지상의 사람들 모두가 조금씩은 불쌍한 존재인 것 같아요. 불쌍한 이들끼리 서로 보듬어주고 위로해 주어야 살 힘을 얻어 또다시 살아가게 되지 않을까요?

우리는 서로가 서로에게 위로를 주는 존재들이어야만 해요. 미친 듯 미워하고 분노하게 되는 순간도 있지만 살다 보면 또다시 '위로 모드'로 되돌아가 서로 따뜻한 위로를 보내야 하는 순간들을 맞이하게 되지요.

그렇게 위로가 밀물과 썰물처럼 마음과 마음을 데우며 흐르고 나면 상처도 신비롭고 향기로운 꽃으로 맺히는 날이 오게 되지요. 내가 받은 위로를 누군가에게 돌려줄 힘도 용기도 생길 거고요. 그 위로의 목소리들은 지금도 귓가에서 떠다니고 있으니 잠시 귀 기울여 보세요. 부디.

타인의 시는 언제나 아름다웠어요.

적막이 깔린 고향 마을엔

보름달처럼 탱탱 부은 손가락이 쉴 새 없이 움직였지요.

타인의 시는 황홀했고 그에 비친

내 시는 남루했어요.

타인의 시는

옆으로 비스듬히 누워

휴식하는 초원의 목동처럼 편안해 보였어요.

그래서 내 침대 옆에는

타인의 시들이 언제나 누워있었어요.

보고 싶어요.

　당신께서 내게 해준 따뜻하고 포근한 사랑의 모습들이 세월이 지날수록 점점 더 짙어지는 건 왜일까요. 그때는 내가 왜 그리 독하게 굴었을까요. 돌아가시기 전에 용서한다는 말 한마디만 했어도 지금 이토록 아프지는 않았을 것 같아요.

아, 아버지

내가 쓴 무수히 많은 편지가 아버지에게 가닿았을까요. 어디로 보내야 그 편지들을 아버지가 읽으실까요. 보이지 않는 영혼의 세계에 날아올라가 더 높이 올라가 아버지 손에 쥐어졌을까요.

이제 더 이상 어리지 않은 어린 딸은 추억 속에만 만질 수 있는 아버지의 손을 그리워하고 있어요. 내가 조금만 더 어른이었을 때 임종을 지키며 떠나보낼 수 있었다면 얼마나 좋았을까요. 평상에 고즈넉이 앉아 때때로 아득한 눈빛으로 나를 바라보던 그 모습들을 어떻게 잊겠어요. 왜 그리 안쓰럽게 나를 바라보셨나요?

나의 평생이 너무 힘들고 슬플 거라 예상이라도 하신 건가요. 그래서 그 어린 딸을 남루한 마루 위에서 하염없이 보셨나요.

아버지 없이 살아낸 수십 년의 시간 동안 단 하루도 그립지 않은 날이 없었어요. 내가 찾아낸 남자도 아버지를 닮았단 걸 나중에야 알았어요. 떠나버린 아버지 대신 아버지처럼 보살펴 줄 남자를 찾았나 봐요.

가끔 상상해 봐요.

아버지가 지금까지 살아계셨다면 어땠을까, 하고. 지금도 살아계시다면, 내가 기억하는 아버지보다 훨씬 머리가 하얗고 주름살이 많은 노인이 되셨겠지요. 그렇게 아주 노인이 된 아버지와 여행을 하고 싶어요. 그러고 보니 한 번도 아버지와 같이 여행을 떠난 적이 없네요.

제주도나 동해로 가서 가슴 트이는 바닷가를 같이 걸어보거나 바닷가 옆 작은 횟집에 들어가 싱싱한 회를 같이 먹으며 즐거운 한때를 보내고 싶어요. 포만감에 가득 차서 횟집을 나온 뒤에는 디저트도 사드리고 싶어요. 커피를 마실 줄 모르는 아버지에게 달달한 연유라테를 사드리고 하와이 해변에 온 기분을 내시라고 화려하고 시원한 남방을 사서 입혀드리고 싶어요.

아버지는 한 번도 나를 나무라신 적이 없었지요.

말수도 적으셨지만, 언제나 나를 애틋하게 바라보시며 말보다 눈빛으로 더 많이 얘기하셨지요. 언제나 거기엔 미안한 마음이 가득 담겨있었다는 걸 나중에야 알았지만 어린 딸은 철이 없어서 아버지의 마음을 조금도 헤아리지 못했어요.

동생이 죽고 충격을 받으신 후 정신을 놓아버리고 급격히 쇠약해져서 돌아가셨다는 비보를 먼 곳에서 들었지만 실감이 나질 않았어요. 아버지의 인생이 조금이나마 이해되기 시작하던 스무 살 그 무렵, 이제는 아버지와 대화를 나눌 수도 있다고 생각했던 그때, 홀연히 떠나버리셨잖아요.

우리 가족이 단칸방을 전전하며 살아야 했던 이유가 아버지 때문이라며, 엄마가 항상 화가 많이 나서 행복하지 않았던 이유도 아버지 때문이라며, 내가 하고 싶던 것들, 피아노를 배우지 못한 것도 유학을 가지 못한 것도 아버지 때문이라며, 온갖 원망을 마음에 담아 부글거리며 살았던 그때 홀연히 떠나 버리셨지요. 그 부글거리는 감정을 미처 다 삼키지도 못한 딸아이가 그 후 내내 힘들게 살았다는 걸 아버지는 알고 계신가요?

왜 그렇게 빨리 돌아가셔야 했나요?

좀 더 오래 딸의 이야기도 들어주시고 위로도 해주셨으면 사는 게 좀 덜 힘들었을 텐데… 소녀에서 여자가 되고 엄마가 되는 그 모든 시간이 조금은 덜 힘들었을 텐데요. 나는 이렇게 또다시 이기적인 생각으로 아버지를 추억하고 있네요.

아버지가 떠나기 전에 사랑한다는 말 한번을 못하고 용서한다는 말, 용서해 주시라는 말, 한마디를 못하고 그렇게 가시게 했어요.

누구라도 삶을 마치고 떠난 후에는 그리운 존재가 되나 봐요. 그런 존재는 누군가를 사랑하고 사랑받던 존재였을 거예요. 죽은 후에도 날 그리워해 줄 사람이 있다면 그 사람은 인생을 충분히 잘 살았던 사람일 거예요.

그러니 아버지의 생애를 헛되다 생각하지 마세요. 어린 딸이 나이 들어갈수록 이렇게 아버지를 그리워하고 있으니까요.

아버지의 무덤 앞을 떠난 지 서른 해가 넘도록 지금까지 아버지를 어제 본 듯 생생히 눈앞에서 그리고 있어요.

곰보
아지매

어릴 때 천연두를 앓아 얼굴에 곰보 자국이 선명하던 아주머니가 동네에 살고 있었습니다. 아주머니는 내가 학교를 오갈 때마다 대문 앞에 나와 있다가 다정한 말을 건네곤 했어요.

"학교 다니느라 힘들재?"

"공부 열심히 해서 훌륭한 사람 돼 거래이."

"아이구, 가방이 너무 무겁재? 우야노? 어깨가 다 처졌대이."

"배 안 고푸나? 우리 집 들어가서 밥 묵고 갈래?"

동네 사람들은 그 사람을 '곰보 아지매'라고 불렀어요.

얼굴에 곰보 자국이 두드러지지만 않았다면 달걀형 얼굴에 이목구비가 뚜렷해서 더 예뻐 보였을 얼굴. 얼굴보다 마음이 더 예뻤던 여인. 얼굴 피부에 매끈한 구석 하나 없이 작은 티스푼으로 푸딩을 떠서 패인 것처럼 흉터가 폭폭 패인 탓에 사람들은 그녀를 예쁘다고 생각하지 않았습니다.

나는 언제나 말없이 약간 웃으며 아주머니에게 인사하곤 했습니다. 그녀는 말없이 수줍기만 했던 나를 유독 예뻐하며 항상 말을 걸어주셨어요. 하지만 아무리 배가 고파도 그 집으로 들어간 적은 없었답니다. 왠지 그러면 안 될 것 같았는데, 아마도 그 집에서 그녀가 해주는 밥을 먹다 보면 그 따뜻함에 길들여질까 두려운 건 아니었을까 짐작해 봅니다.

배가 고파 흐늘흐늘 걷고 있는 어린 여자아이가 애처로워 보였는지 그녀는 여러 번 밥을 먹고 가라고 권했어요. 하지만 그럴 때마다 인사만 꾸벅하고 지나가자, 어느 날은 까만 봉지에 뭔가를 담아 내 손에 후딱 쥐어주고 대문 안으로 사라져 버렸습니다. 얼떨결에 봉지를 받아든 나는 한동안 그 자리에 멈춰 섰지요. 집에 돌아와 확인해 보니 봉지 안에는 노란 콩고물이 얹어진 시루떡이 두 개나 들어 있었습니다. 명절 때나 먹을 수 있는 맛있는 떡. 내가 가장 좋아하는 떡이었어요. 나는 물도 없이 그 떡을 단숨에 다 먹어버렸고 그 포만감에 잠시 행복했습니다.

그 일 이후에 곰보 아지매는 이런 저런 먹을거리를 내 손에 쥐어주곤 했습니다. 나는 고맙다는 인사를 겨우 한 뒤 도망치듯 그 앞을 지나쳤고 집에 돌아와 그녀가 준 음식들을 감사히 먹었습니다.

곰보 아지매 덕분에 내 키가 무럭무럭 자라서 반에서 두

번째로 키 큰 애가 된 게 아닐까, 하는 생각을 한 적이 있어요. 배고프고 가난했던 그 시절에 내게 먹여준 것들(시루떡, 찐 감자, 찐 고구마, 삶은 옥수수, 군밤, 부추전)을 지금도 여전히 좋아하는 걸 보면, 보잘것없는 소녀에 대한 곰보 아지매의 따스함과 사랑이 여전히 내 안에 자리 잡고 있는 것이 아닌지.

지금 살아계시다면 호호 백발 할머니가 되셨을 텐데, 어디에 살고 계신지도 모를 그분에게 마음으로나마 고마움을 전합니다. 혹시 만날 수 있다면 그분이 좋아하는 맛있는 음식으로 보답하고 싶습니다.

사랑이 메말라 외로웠다고 믿었던 그 시절에도
사랑이 있었음을 새삼 느낍니다.
너무나 큰 사랑이었어요.
늘 혼자였던 어린 내게는요.

30여 년이 지난 지금도,

동네 사람들이 곰보 자국을 업신여겨도,

누구에게나 친절했던 아름다웠던 한 여인을

나는 '사랑'이라는 이름으로 추억합니다.

나 때문에
누군가 웃는 게 좋았습니다

아주 어렸을 때 우리 집은 어린 내 눈에 대저택처럼 보였습니다.

아주 어린 시절, 우리 집은 그 시골 동네에서 아주 부유한 집안이었습니다. 정확히 기억나진 않지만 한순간 가세가 기울어 무척이나 가난한 시절을 보내야 했습니다.

하지만 그 전까지 나는 가난한 시골 동네 아이가 아닌, 전혀 다른 소녀였어요.

우리 집 넓은 마당엔 매일 동네 아이들이 놀러 와서 고무줄 놀이를 하거나 술래잡기를 했습니다. 나는 종종 빨랫줄에 엄마의 폭넓은 한복 치마를 몇 개 이어 붙여 걸어놓고 1인극 놀이를 했어요. 혼자 뮤지컬을 하고 연극을 했던 것이지요. 혼자 몇 사람 역할을 하며 화려한 엄마의 한복 치마 뒤에서 짠, 하고 나타나 우스꽝스러운 표정도 짓고 목소리도 변조해 남자도 되고 여자도 되면서 시간 가는 줄 모르고 연극 놀이를 하곤 했습니다.

먼지 폴폴 나는 마당에 털썩 주저앉은 아이들의 박수 소리가 지금도 나는 듯합니다. 그 시절엔 텔레비전도 없었고 인터넷도 없었기 때문에 내가 아이들에게 해준 공연은 매번 놀랍고 새로운 것이었습니다. 그때의 소질을 잘 살렸으면 배우가 되지 않았을까, 하는 생각이 듭니다.

그 많은 동네 아이들을 어떻게 불러 모았는지는 기억이 나지 않습니다. 그 아이들에게 왜 연극을 보여주며 즐겁게 해주었는지, 혹은 내가 얼마나 즐거워했는지도 잘 떠오르지 않아요.

지금도 그렇지만 나는 누군가를 기쁘게 하는 일을 하면 살맛이 납니다. 아마도 이런 성격 덕분에 다른 사람을 돕는 직업을 가지게 된 걸지도 모르겠어요.

아무튼 그때 그 조그맣던 아이는 땀을 뻘뻘 흘리면서도 혼자 1인 다역을 하면서 동네 아이들이 와르르 웃고 즐겁게 소리 지르며 박수치는 소리가 너무 좋았습니다.

그 애들이 행복하니 나도 행복했습니다. 비록 그때 그 아이들의 얼굴은 잊었지만 그 환한 기억을 한 줌 꺼내면 내 경직된 얼굴에 미소가 가득 번집니다.

적어도 초등학생 이전의 나는 유복했고 행복했습니다. 그렇게 활달하고 사교적이던 나는 어떻게 변했을까요? 사춘기가 될수록 말수가 없어졌고 어느 순간 입을 완전히 닫아버렸습니다. 깊은 우울도 시작되었죠. 우울은 점점 깊어져 중증의 병이 되었습니다. 나의 모든 세계는 비현실적으로 느껴졌고 밤마다 벼랑에서 떨어지거나 괴물에게 쫓기는 악몽을 꾸었습니다.

그 시간을 건너고 또 건너 다시 밝은 길에 서기까지 참 많은 시간이 걸렸습니다. 내가 견뎌온 시간들이 누군가에게 위로가 될 수 있기를 바라며 이 글을 쓰고 있습니다.

내 눈에서
맛있는 냄새

여름밤 냇가에서 텐트를 치고 놀았던 때

날벌레가 와글거리며

내 눈앞으로 왔어요.

아무리 쫓아버려도 가지 않다가

눈을 뜨면 또다시 와글와글.

아무래도 내 눈에서 맛있는 냄새가 나나 봐요.

눈을 뜨면

내 눈 속으로 겁도 없이 들어오려 했던

그해 여름 날벌레들.

귀찮고 싫어 손으로 휘휘 저어도

끊임없이 들어오려 했던 날갯짓이

내 생애 속으로 쉴 새 없이 들어오던

그 어떤 통증처럼 쉬지를 않네요.

반짝이는
너를 보고 있어

나는 지금 바닷가 모래사장 위에 앉아있어.
잔잔한 파도가 기분 좋게 하얀 포말을 만들고
바다에 담근 작은 발등에
바다가 내는 목소리들이 부서지고 있어.

실연 후에 네가 다녀왔다던 그 바닷가에
너의 울음소리도 몇 개 섞여 있나 봐.
얼핏 네 목소리가 들렸거든.

햇살이 바다 위에 은가루를 뿌리면

눈부신 슬픔이 반짝거려.

저토록 눈부신 바다가 수없이 많은 사연을 품고

입도 무거워 혼자 속으로 삭히다

숨소리마저 내지 못한 얕은 파도가

내가 앉은 모래밭 위로 올라오려고 해.

쉬지 않고 오르려고 해.

네가 앉았을 그 자리에

내가 앉아

너의 눈빛을 쫓아 내 눈빛을 포개며

오늘 하루는 이렇게

바닷가에 앉아있으려 해.

너의 애도를 나의 애도로 덮어줄게.

너의 슬픔이 좀 더 빨리 끝나기를

기도하는 마음으로 말이야.

꽃들이 모여
사는 이유

세 들어 살던 슬레이트 집엔 방들이 다닥다닥 정겹게 붙어있었습니다.

그 방들 중 하나에 살면서 봄이면 방문을 활짝 열고 살았습니다. 굳이 문을 잠글 필요도 없을 정도로 도둑이 가져갈 게 없었으니까요.

그 방문을 열면 마당 한가운데 꽃들이 무리지어 피어 있는 게 보였습니다. 온갖 꽃들이 옹기종기 어깨를 서로 기대며 빽빽하게 피어있었습니다.

그 꽃밭을 바라보는 게 참 좋았어요.

유심히 꽃잎들을 바라보다가 문득 많은 꽃잎에 생채기가 진 것을 알았습니다. 좁은 장소에 너무 많이 심겨서 그랬는지, 생채기 없는 꽃잎을 찾는 게 더 힘들었어요.

"너희들도 힘들었구나. 그 많은 생채기가 생기는 동안 아팠겠구나."

비좁은 꽃밭에서 서로 기대려고 한 것이 아니라 서로 상처 주지 않기 위해서 한껏 어깨를 오므렸을 꽃들의 마음을 알 것 같았습니다. 꽃들은 서로 너무나 친밀했지만 또한 서로 아프지 않게 하려고 배려하며 서로의 어깨를 내주고 있었어요.

사람도 그래야지. 그래야 다치지 않지.

그때부터였을 거예요.

'나는 커서 치유하는 사람이 될 거야. 아픈 마음을 치유
하는 사람.'

막연히 그런 생각을 가슴 속에 품게 된 것은.

　하늘하늘한 원피스와 시폰 소재의 샤랄라한 스커트를
즐겨 입는 나를 보고 사람들은 "천생 여자구나"라고 했습
니다.

　부스스한 생머리를 길게 늘어뜨린 화장기 없는 창백
한 얼굴. 바다를 좋아하고 꽃을 좋아하고 숲속에서 들리
는 모든 소리를 좋아하던 소녀는 순식간에 나이를 먹었
습니다.

아프고 힘든 시간이 소녀의 걸음보다 빠른 속도로 한없이 흘러갔습니다.

나이를 먹으며 수많은 상처가 영혼에 새겨졌지만 그 상처를 치유하면서 살아가기로 결심했습니다.

그리고 살아가면서 타인의 상처를 치유하는 삶을 살기로 했습니다.

어느새 사람들이 나에게 "당신은 천생 상처 입은 치유자"라고 말해주었습니다. 그 말이 왠지 싫지 않았습니다.

마음이 약한 건 약점이 아니야.

심장이 강철만큼 강하지 않아도 괜찮아.

너는 허리를 숙여

세상의 작고 연약한 것을 바라봐 줄 수 있는

그런 눈빛을 지닌 사람이야.

그래서 너를 좋아해. 한없이 좋아해.

그런 약함을 가진 네가 참 좋아.

좀 울면
어때요

뒤편 구석에서 아이가 자지러지게 우네요.

아이 엄마는 난감해하며 어찌할 바를 모르고

사람들의 눈이 그쪽으로 향하네요.

말없는 핀잔이 뾰족하게 날아가네요.

왜 애를 울리냐고.

빨리 데리고 나가라고.

왜 악을 쓰며 우는데 그냥 있냐고.

시끄럽다고.

그런 말들이 공중에서 소리 없이 뒤섞여

애 엄마를 힐난하고 있네요.

아이는 우는 게 당연하지요.

언어로 표현하는 게 아직은 어려운 두세 살짜리가

자신의 감정을 전달할 수 있는 건

오직 울음뿐.

기분이 너무 나쁘면 악을 쓰듯 자지러지고

기분이 별로 안 좋으면 칭얼거리고

그렇게 우는 것뿐.

우는 걸 나쁘다고 하는 어른들 틈에서 나도 자랐어요.

그래서 우는 나를 내가 미워했어요.

아주 못마땅했지요.

툭하면 눈물 둑이 터지며 펑펑 울게 되었던 내가

참 바보 같았어요.

울어도 된다는 걸 나중에 아주 나중에야 알았어요.

운다고 바보 취급받았던 게 너무 억울했어요.

너무 억울해서 또 울었죠, 뭐.

울면 어때요.

아이가 자지러지듯 울면 어때요.

그 울음소리가 그 나이의 내 울음소리와 닮아있으니

그때의 나를 추억하며

울어도 된다고 말해줄 수 있으니

그러면 된 거죠, 뭐.

미워하는 마음을
떠나보내며

그 시절, 나는 불특정 다수에게 미움을 받는다고 생각했습니다.

내가 무슨 잘못을 해서 미움받는지 알지 못한 채 그냥 이 비루한 인생의 지점마다 불행한 내가 서있으니 이게 다 누군가가 나를 미워해서라고 섣부른 결론을 내렸지요. 그러니 내가 나를 어떻게 좋은 마음으로 바라보겠어요. 결국 내가 나를 제일 미워했더군요. 제일 싫어했더군요.

나를 싫어할 것이라고 지레 짐작하며 미워했던 사람들

조차 어쩌면 나를 미워하지 않았을 것이라는 걸 시간이 나를 떠밀어 엄청 멀리 떼어놓았을 때 겨우 알았는걸요. 내가 나를 미워하는 순간마다 모든 타인들이 나를 미워한다는 망상에 사로잡혀 있었나 봐요.

누구도 나를 미워하지 않았는데도, 그들은 오히려 나의 관심을 받고 싶어 했는데도 나는 그것도 모르고 내가 미움받는다고 굳게 믿고 있었거든요.

그래서 나는 미움 가득한 존재가 되었고 그런 나를 내가 또다시 미워하고 있었답니다. 이제 그 미움을 떠나보내고 또다시 떠나보내면서

미움 걷힌 나를 보니 이제야 맑은 나를 선명히 보니
내가 꽤 사랑스러운 존재라는 걸 알게 되었어요.
내가 나를 사랑해도 될 것 같은 빛나는 모습을
이제는 찾은 것 같습니다.
당신처럼요.

폐선은 제 몫의 삶을
다 살아냈다고

그림을 그리던 시절, 또래 친구들과 서해안을 따라 스
케치 여행을 떠났습니다.

가는 해변마다 갯벌에 무심히 버려진 폐선이 눈에 띄었
는데 폐선이 무더기로 누워있어 마치 배들의 공동묘지 같
았습니다.

누군가의 물고기를 잡아주고 누군가의 생계를 책임지
며 쉴 새 없이 시간을 살다가 그 모든 무거운 의무와 책임

을 다한 후 고즈넉이 누워 하늘의 별들을 받아내는 낡은 배들의 침묵이 그때는 참 쓸쓸하게 느껴졌습니다.

그러나 진짜 쓸쓸한 것은 생애를 다 산 낡은 배가 아니라 나였다는걸, 계절이 지날수록 더 깊이 알게 되었습니다.

폐선을 보며 쓸쓸하다 느끼는 건 내가 쓸쓸하기 때문이라는걸. 갯벌에 뿌리가 박혀 비스듬히 누운, 아무도 눈길 주지 않는 적막한 풍경에 폐선이 아니라 내가 갇힌 것 같았던 그 시간들.

그 시간을 주워 담아 붓질을 하며 100호짜리 커다란 그림을 완성했습니다. 어딘가 음울하고 늦가을 일몰 같은 배경에 내 마음속 색채를 입혀 그리고 또 덧칠해서 완성된 그림은 내 모교인 중학교 현관에 걸려있습니다.

그 배만 알고 있을 누군가의 일생, 바다의 무덤 한편에 거룩하게 누워있던 그 배를 추억합니다.

다시 서해에 가서 그 폐선을 만나면 지금은 다른 이야기를 나눌 수 있을 것 같습니다. 더 깊고 더 아름다운 이야기를.

익어가는
시간들

'나이가 드는 건 익어간다는 것'이라는 가사가 있습니다.
늙어가는 게 아니라 익어가는 것이라고.
참 좋은 말입니다.

늙어가는 건 참 좋은 일입니다.
사람에게 늙고 죽는 순서가 없다면
긴긴 인생이 참 고달플 것 같습니다.
늙어가고 죽기도 하는 것이 축복입니다.

늙는 것이 익어가는 것이 된다면 더욱 좋은 일입니다.
늙기만 하고
미성숙하고 덜 여문 사람이라면 참 불쌍할 것 같습니다.
늙어가면서 반드시 익어가야 하는 것이
향기로운 인생일 것입니다.

오늘 하루를 살면 하루치의 상처가 쌓이지만
하루치의 익어가는 행복을 맛볼 수 있습니다.
그래서 매일 매일이 참 새로운 것입니다.
주어진 오늘이 문득 너무나 고맙게 느껴집니다.

눈
내리던 밤

비가 추적추적, 쏴아, 소리 내며 내린다면
눈은 아무 말 없이 조용조용 포근포근 내리지요.

눈 내리던 밤 혼자 깨어서
내리는 눈발을 맞으며 마당을 서성이면
눈이 하나씩 하나씩 꽃잎처럼
내 얼굴에 내 머리에 내 손바닥에 내 눈에
떨어져 내렸어요.

눈이 당신을 깨우진 못했지만

그래도 나는 좋았어요.

혼자 눈을 맞는 것이 좋았어요.

가끔 차가운 외로움에 깜짝 놀라기도 했지만

얇은 내복 속으로 파고드는 눈송이가

너무 포근하고 좋았어요.

눈 내리는 소리가 들렸다면

당신도 깨어나 이곳으로 왔을 텐데.

소리가 없어 당신은 깨지 못하고 깊이 잠이 들었나 봐요.

눈이 내리던 밤에

낡은 내복을 입고 맨 발로 마당을 밟으며

눈을 맞았던 그 밤의 소녀는 행복했어요.

혼자면
어때요

오래전부터 혼자 밥을 먹을 때가 많았습니다.

언젠가부터 '혼밥'이란 신조어가 생겼고 혼자 밥 먹는 식당 풍경이 낯설지 않게 되었지만 식당에 혼자 들어가는 걸 민망해하던 시절이 있었어요. 2인분이 아니면 팔지 않는 메뉴가 너무 먹고 싶을 때는 그냥 2인분을 시키고 남은 건 싸 가기도 했어요.

영화 보는 걸 좋아해서 혼자 영화를 보러 갈 때도 많았어요. 처음엔 왠지 허전하고 무섭고 조금 슬프기도 했는데 혼자 영화를 보다 보니 오롯이 영화에만 집중할 수 있어서 더 좋다고 느끼게 되었답니다.

몇 해 전엔 바다가 너무 보고 싶어 새벽에 무작정 동해로 차를 몰고 달려갔어요. 동해의 작은 바닷가 마을에 도착하니 너무 배가 고팠어요. 나는 꼬불거리는 바닷가 마을을 돌다가 문을 연 작은 식당을 발견하고 들어갔어요. 눈가에 굵은 주름이 깊은 식당 주인이 해산물이 가득 든 국밥을 말아 내 앞에 내밀자 나는 단숨에 먹어치웠어요.

맛있게 먹는 내 모습을 힐끗거리며 바라보던 그 식당 주인 부부의 희미한 미소가 아른거리네요. 속으로는 무슨 사연 있는 여자길래 아침부터 바닷가 마을에 혼자 국밥을 먹으러 왔나, 그런 생각을 했겠지요. 그러면 어때요. 사람들의 생각이나 오해가 무슨 상관이겠어요. 혼자면 어때요.

나는 따뜻한 밥을 먹게 해준 손길이 진심으로 고마워, "잘 먹었습니다" 인사한 뒤 바다로 향했어요. 한적한 바닷가에 차를 세워놓고 해변을 원 없이 왔다 갔다 하며 걸었답니다. 한동안 오지 않아도 바다가 그립지 않을 만큼 이쪽에서 저쪽까지 신발을 벗어 들고 고운 모래를 밟으며 오래도록 걸었지요. 파도가 발가락 사이로 들어오도록 바닷물을 밟기도 하면서요.

언제나 친구가 필요할 만큼 사람을 너무 좋아했지만, 혼자 즐기는 시간에 점점 익숙해지면서 조금씩 자신감이 생긴 것 같아요.

혼자여도 괜찮구나.
혼자 밥을 먹을 수도 있구나.
혼자 바다를 보러가도 되는구나.

물론 혼자인 상태가 완벽하게 익숙해진 건 아니랍니다.

나는 여전히 다정하고 속 깊은 사람들 속으로 들어가 그 사람들과 함께 있는 걸 너무나 좋아해요.

잠시 홀로 시간을 가지더라도 우리는 또다시 서로 사랑과 관심을 주고받는 사람들 속으로 들어가 함께 살아야 행복할 수 있는 존재잖아요.

혼자인 상태로 시간을 보내고 나면 사람과의 친밀감을 더욱 절실하게 원하게 되지요. 그토록 지긋지긋했던 가족조차 너무 반가워 가슴 뜨겁게 안아주게 되고요. 그래서 현실이 답답해서 잠시 홀로 여행을 떠나는 것도 다시 돌아와 행복하게 같이 살기 위해서가 아닐까 해요.

그러고 나서

또 다시,

가끔,

혼자면 어때요.

뼈 붙는
시간을 견디고

어릴 때 높은 곳에서 떨어져 뼈가 부러졌습니다.
뼈가 붙는 시간만큼이나 지루한 통증이 이어졌어요.

나는 학교도 가지 못하고 누워 방문을 열고 마당을 바라
보고 있었어요. 팔이 부러졌을 때는 학교를 갈 수 있지만
다리가 부러졌을 때는 목발을 짚고 30분 거리의 학교를
갈 수가 없었습니다. 그때는 자동차도 없었고 데려다 줄
사람도 없었거든요.

집은 절간처럼 조용했고 대낮의 집은 너무 적막했습니다. 엄마는 어딜 그리 바쁘게 다니셨는지 기억나지 않아요. 아버지는 늘 늦은 밤이 돼서야 돌아오셨고 나는 아무도 없는 집에서 하루 종일 밥을 굶을 때도 많았습니다. 온종일 힘없이 엎드려 있다가 솥에 누룽지가 있는지 살펴보러 부엌으로 겨우 내려가는 일이 하루 일과의 전부였지요.

부러진 한 쪽 다리 깁스가 언제 풀릴까, 짜증스럽게 내려다보다가 깁스한 다리 안쪽이 가렵기 시작했습니다. 아무리 가려워도 긁을 수도 없었지만 많이 나았다고 생각돼 기분이 좋기도 했습니다.

깁스를 떼어내고 맨다리가 나오자 의사는 다리를 눌러보고 아프냐고 물었습니다. 나는 고개를 가로저었고 의사는 앞으로는 조심하라고 당부하며 "그간 고생했다"고 친절하게 말해주었습니다.

부러진 다리와 부러지지 않은 다리는 굵기 차이가 엄청

났습니다. 깁스에 두 달 동안이나 눌려 있던 다리는 너무 가늘어져서 걸을 수 있을까 걱정될 정도였어요. 하지만 당연하게도 시간이 흐르자 점점 근육이 붙고 두 다리의 굵기는 같아졌습니다.

그렇게 길고 지루한 '뼈 붙는 시간'을 견디니 어느새 봄이 지나고 여름이 지나가고 있었습니다.

그리고 금세 가을이 오고 겨울이 되었어요. 그해는 무척 지루했지만 시간이 한 계절을 뛰어넘어 더 빨리 지나가는 느낌도 들었습니다.

지금을 '혐오의 시대'라고 해도 과언이 아닐 만큼 우리 사회 곳곳에는 증오와 혐오가 깊이 스며들고 있습니다.

약자나 강자에 대한 혐오, 가난이나 부에 대한 혐오, 남자 혹은 여자에 대한 혐오, 인종간의 혐오, 혐오에 대한 혐오 등 온갖 혐오할 것들로 넘쳐납니다.

소설가 제임스 볼드윈은 《단지 흑인이라서, 다른 이유는 없다》에서 이렇게 말했습니다.

"사람들이 그토록 집요하게 누군가를 증오하는 이유는, 그 증오가 사라지면 자신의 고통을 직면해야 한다는 것을 알기 때문이다."

나는 이 의미심장한 말에 동의합니다.

이 말은 인간에 대한 무섭도록 정확한, 그리고 섬뜩한 통찰을 담고 있어요.

사람들은 자신의 고통을 느끼지 않기 위해 무차별적으로 타인을 공격하고 비판하고 악플을 답니다. 타인에 대한 증오와 비판을 하지 않으면 '나'라는 연약함과 그 연약함에서 비롯된 각종 '병적인 나'를 만나야 하기 때문이지요. 스스로의 연약함을 받아들이면서 인격을 성장시키려는 노력은 엄청나게 힘들지만, 잔인할 정도로 다른 사람을 자신의 수준 밑으로 깎아내리면서 순간의 만족을 얻는 건 그다지 노력이 필요하지 않은 일이지요.

볼드윈은《조반니의 방》에서 이렇게 말합니다.

"있잖아, 내 사랑, 삶을 현실적으로 사는 건 아주 간단한 일이야, 그냥 살면 돼."

하지만 그냥 사는 게 왜 그리 어렵던지요.

그냥 산다는 건 무의미하고 무지하며 나 자신에 대한 무례한 짓이라고 생각했거든요. 하지만 시간이 지나면서 그냥 살아도 괜찮다는 걸 알게 되었고 전부는 아니지만 얼마간은 그냥 살아지기도 했습니다. 그냥 사는 게 뭔가 해탈한 삶인 듯 느껴지기도 했습니다.

그러나 그냥 살기엔 너무나 험난한 세상이라 가슴 졸이며 사느라 그냥 사는 게 너무 힘들었다며, 애간장 녹이며 사느라 공황장애가 생겼다며, 불안이 마치 뜨거운 날의 아이스크림처럼 흘러내리고 있다며, 핑계 아닌 핑계를 붉게 토하며 항변하는 그들에게 나는 또 그냥 살아도 괜찮다, 괜찮다 하며 토닥여 주고 있습니다.

사라진
죽음

읍내엔 작은 병원이 하나만 있었어요.

거기엔 한결같이 자리를 지키고 있었던

할아버지 의사 선생님이 있었죠.

태어난 지 몇 달밖에 되지 않은 채

죽을 뻔한 나를 살려주시고

예닐곱 살 되던 해 장티푸스로 고열로

여러 번 까무러치는 나를

또다시 살려내셨던 의사 할아버지.

살리지 말지. 그냥 죽게 두지.

그런 생각에 잠긴 철없던 시절을 거쳐

다시 그곳을 찾았을 땐

흔적도 없이 사라진 병원의 터 위에

새로운 건물이 올라가고 있었어요.

마치 어떤 죽음의 위기조차 없었던 것처럼

다시는 소식을 알 수 없을 할아버지 의사처럼

내가 태어나고 자란 그곳은

여전히 무슨 시의 읍이지만

기억 속의 골목과 집들과 병원까지 다 사라져

그런 추억마저 없었던 일처럼

완전히 지워져 있었어요.

내 평생 찾아들 죽음도 그때 다 사라져 버린 걸까요.

다시는 죽고 싶은 생각이 들지 않도록

그 의사 할아버지가 내 죽음을 다 가져가셨나 봐요.

선물할게요,
당신께

뭐가 재밌었는지 소리 내어 호호호 웃었더니
그대가 말했지요.

"그렇게 맑은 웃음소린 처음 들어."

너무 많이 울어 녹슨 울음소리를 눈물로 씻었더니
이렇게 맑은 웃음소리가 되었나 봐요.

내 웃음소리가 맑다고 얘기해 준 건

그대가 처음이었어요.

별거 아닌 그 한마디로 인해

나도 내 웃음소리가 좋아졌어요.

"네 웃음소린 너무 맑아. 계속 듣고 싶어."

맑은 웃음소릴 들려주기 위해

녹슨 울음소리는 씻어내야 해요.

아픈 마음도 씻어내야겠죠.

이끼 낀 마음 갈피를 펼쳐 둔탁한 소리들 털어내고

계속해서 맑은 웃음소리를 그대에게 들려주고 싶어요.

때때로 흘러나오는 울음소리는 이해해 주세요.

울면서 씻어내다 보면 더 맑아진 웃음소리를

그대에게 오래오래 들려줄 수 있겠지요.

그러니 좀 울어도 되겠지요?

더 맑게 웃기 위해서 말이에요.

내 웃음소리를 그대에게 선물할게요.

그리고 그대의 아픈 마음은 내가 가져갈게요.

눈 깜빡할 사이에 시간이 흘러갔고

너무 지루한 시간이 이어졌고

고통에 숨 넘어가던 시간도 있었고

행복에 겨워 가슴 벅차던 시간도 있었지요.

점점 더 오래 살게 된 시대가 되었지만

바이러스처럼 우리를 위협하는 것들은

더 힘이 강해지고 더 무서워진 것 같아요.

우릴 두려움에 빠트리는 건

눈에 보이는 거대한 무기나 전쟁인 줄 알았는데

보이지 않는 것에 일상이 지배당하고 말았어요.

쉰 몇 해의 삶을 쉴 새 없이 살아내는 동안

생각해 보니, 엄청난 일들과 자잘한 일들이

바람 잘 날 없이 휘몰아치면서

살아냈거나 견뎌온 날이

무척이나 많았다는 생각이 듭니다.

살아가는 동안 생애의 모퉁이마다

예기치 않은 복병이 숨어있기도 했지요.

그 복병과 맞서 싸워야 할 때도 있었고

정신없이 도망친 적도 있었구요.

그래도 살아있어서 좋았습니다.

살아있으니 별빛처럼 반짝이며 웃을 수도 있었고

살아있어서 그대를 만날 수도 있었으니

살아남은 것은 너무너무 잘한 일이었습니다.
살아있는 것 자체가 축복이었어요.

죽을 수도 있었던 고비가
수백 수천 번 지나갔는데도
살아남은 게 기적이라 여기며
신께 고마움을 고백하기도 하지요.
그래서 내가 살아남았으니
그대도 살아남을 수 있다고
힘있게 말하고 다니나 봅니다.

슬퍼도 살아있기로 해요

이렇게 슬픈데 내가 이렇게 살아도, 살아있어도 될까요? 고통이 없어야 살 수 있는 걸까요? 행복해질 수 있는 걸까요?

이제 행복은 고통이 없는 상태가 아니라는 걸 알았습니다. 고통 속에서도 우린 행복할 수 있으니까요.

조금 어둡다고 그 시간이 아름답지 않은 건 아닙니다. 아프고 슬퍼도 살아내는 것, 그렇게 우리가 사는 시간은 아름다워지고 있어요.

삶의 슬픔이 내가 원하지 않아도 때때로 찾아드는 것처럼, 삶의 기쁨 역시 당신이 힘들게 노력하지 않아도 물 흐르듯 당신을 찾아갈 거예요. 사랑도 마찬가지고요. 그러니 우리가 해야 하는 건 안온한 일상을 꿈꾸듯 살아가는 것입니다.

때때로 뾰족한 돌멩이에 넘어져 살이 패여도 멈추지 말고 살아있어야 해요. 그러면 어느 순간 고통의 색채가 행복을 더욱 진하게 만들었음을 깨닫게 될 거예요. 그리고 알게 될 거예요.

우리에게 주어진 이 한 번의 생이
너무나 아름다웠음을.
너무나 찬란했음을.
영원한 기적이었음을.

그대의 슬픔엔 영양가가 많아요

2020년 12월 1일 초판 1쇄 발행

지 은 이 | 강지윤
펴 낸 이 | 서장혁
책임편집 | 주 연
디 자 인 | 정인호
표지 일러스트 | 박지영
마 케 팅 | 한승훈, 최은성

펴 낸 곳 | 봄름
주   소 | 경기도 파주시 회동길 216 2층
T E L | 1544-5383
홈페이지 | www.bomlm.com
E - mail | support@tomato4u.com
등   록 | 2012. 1. 11.

I S B N | 979-11-90278-48-5 (03810)

봄름은 토마토출판그룹의 에세이 브랜드입니다.